a casa do pai

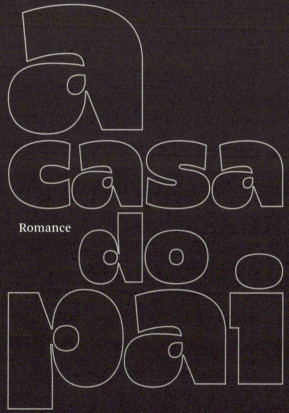

karmele jaio

a casa do pai

Romance

TRADUÇÃO
Fabiane Secches

6•9 instante

A Iñigo Muguruza
A todos os homens novos

*Escrever se parece muito com um beijo.
É algo que não se pode fazer sozinho.*
John Cheever

Obrigada por ter estado a meu lado durante o tempo em que escrevi este livro.

Ismael

Lá de cima, do topo

Disparos no monte. Você volta a escutá-los vindo lá de cima, do topo. Mas sabe que não vêm dos montes que o rodeiam, e sim de dentro de você. Seu corpo é um arbusto. Quantos cartuchos de espingarda ficam presos nos arbustos, como um pequeno coração que, apesar de enferrujado com o tempo, segue batendo, batendo, batendo...

Disparos no monte. Você volta a escutá-los vindo lá de cima, do topo. E vê os cartuchos como se estivessem em suas mãos. Da marca Trust, fabricados em Eibar. O olhar de seu pai checando se você aprendeu a colocá-los bem na espingarda. Vermelhos, verdes, com a base dourada, carregados de balas. Quando atingem a carne, as balas se espalham rapidamente, como espermatozoides malignos. Os malditos cartuchos se metem nos arbustos, e não há maneira de tirá-los. Ninguém, por sua vez, se empenha em fazê-lo. Afinal de contas, são só cartuchos usados. Ninguém pensa que seguem vivos, e disparando, *pow pow*, lá de dentro, ainda que estejam enferrujados, ainda que sejam velhos.

Você chegou ao topo do monte com a respiração entrecortada, depois de sair correndo de seu escritório, deixando o computador ligado, talvez também a luz da entrada. Saiu sem saber ao certo para onde, com a urgência de quem busca chegar à superfície porque está ficando sem ar. A angústia o empurrou mais do que o vento, que hoje sopra forte do sul. A angústia que você voltou a sentir diante da tela do computador ao se lembrar do pesadelo da última noite com a notícia daquela garota encontrada no monte.

A notícia daquela garota que violentaram e deixaram abandonada no monte. Foi encontrada por uns caçadores, tarde demais. Seu estômago ficou revirado, você não consegue tirá-la da cabeça, como quando do episódio em Pamplona, e era só o que faltava. A gota d'água. Que frase mais batida, um lugar-comum outra vez. Agora sim fica impossível para você escrever. Está tudo revirado na sua cabeça. Algum dia, por fim, vão encontrar algo ali, um tumor maligno que o impede de pensar. Que o impede de escrever.

A notícia daquela garota que violentaram e deixaram abandonada no monte. Você não sabe se ficou mais impactado pelo medo que sente por suas filhas — que aumentou depois que Eider estivera em Pamplona na mesma noite em que um grupo de homens violentou aquela garota[*] — ou pelo cenário da tragédia. O monte, o bosque, uma paisagem que ainda arranha a sua pele como as amoreiras selvagens, um cenário com o qual tem pesadelos desde jovem.

E agora ali, em cima de Olarizu, a quarenta minutos em ritmo acelerado de sua casa, você se pergunta por que seus pés o levaram justamente até o monte. Por que a angústia o levou precisamente até lá. Ao epicentro de seus medos.

Você olha para a cidade lá de cima, enquanto o fino cabelo que lhe sobra se move sobre a testa. Lá em cima, você conseguiu enfim recuperar o fôlego. E se acalmou um pouco. Estar em cima sempre dá tranquilidade.

Você não subia ali desde que era menino. Seu pai o levou uma vez assim que você veio morar em Vitoria-Gasteiz, como o levava a Kalamua ou a Ixua quando ainda morava em Eibar, mas aqui sem espingarda. E, no entanto, o lugar acabou lhe trazendo à mente os disparos. *Pow pow*. Disparos no

---

[*] Refere-se a um caso que chocou a opinião pública e ficou conhecido como "Caso de la manada", em que cinco homens estupraram uma jovem de dezoito anos. [N. E.]

monte. E os latidos dos cachorros. Não há combinação de sons mais assustadora para você.

Você olha para a cidade que o acolheu aos quinze anos. Uma cidade que tem crescido com você, se expandido como uma gota de tinta no papel, perdendo intensidade à medida que se alarga, que se espalha. Você levou alguns segundos para encontrar o telhado da casa de seus pais. A referência da igreja de São Pedro ajudou. Eles continuam vivendo ali desde que chegaram de Eibar, como os vizinhos, todos chegaram de fora: de Zamora, de Cáceres... E, em muitos casos, voltavam a suas vilas no verão. Você se lembra dos verões de apartamentos vazios, de persianas abaixadas, de escadas sem vizinhos. O frescor do edifício comparado com o calor desértico da rua. Degraus frios e pátios ardentes. Esse intenso contraste de agosto.

A essa hora, sua mãe estará esfregando o piso da cozinha, como tem feito nos últimos cinquenta anos, da esquerda para a direita, da direita para a esquerda, em zigue-zague, uma e outra vez, como se quisesse eliminar as provas de um assassinato. Sua mãe sempre eliminando provas, silenciando vozes, apagando incêndios. Certeza de que deixará aberta a porta da varanda para que o piso seque e para que o cheiro da comida se disperse. Bife frito e água sanitária, essa mistura de odores pós-refeição também viajou com vocês de Eibar a Vitoria. As casas não são lugares físicos, são atmosferas que nos acompanham de um lugar para o outro. Desde que a cabeça de seu pai começou a falhar, Nancy os ajuda por algumas horas, mas você tem certeza de que sua mãe não a deixa esfregar. Ninguém esfrega como ela. Esfregar é o território dela.

Um pouco mais à direita está a torre de São Miguel. Você viveu anos perto dali, no Casco Viejo, com Jasone e as meninas. Mas, entre tantas casas espremidas, é impossível encontrar a que fora a sua. Da mesma forma que hoje é impossível ver suas filhas lá embaixo. Já saíram deste lugar, saíram do ninho. Já não precisam de sua proteção. Aparecem e desaparecem de sua vista como esses bandos de pássaros que fazem e logo desfazem desenhos no céu, os quais, em muitas tardes, você observa da janela do escritório.

Sua casa atual, em que vive agora apenas com Jasone, ainda que mantenha os quartos para chegadas e saídas das filhas, é fácil de localizar. Está situada em uma das áreas residenciais do sul da cidade, onde as construções estão mais distantes umas das outras. Você, inclusive, pode ver o terraço para o qual dá o seu escritório. A janela de onde, nos últimos anos, observa o mundo. Do outro lado dessa janela está seu computador, sua xícara de café sobre a mesa, seus pôsteres, seus clipes, seus tênis junto à cadeira, seus pesadelos, seus livros, seu caderno de anotações, seu mundo. Ali está seu romance, o que você tenta escrever há anos. Ali está seu segredo. Um romance que não avança, um deserto de ideias, um bloqueio de escritor do tipo dos que escrevem livros. Não poderia dizer melhor. Outro lugar-comum.

Como cada frase que você escreve. Nos últimos anos, suas palavras só criaram cenários de papel machê. Mas como tornar verossímil um cenário do qual você nunca quis se aproximar na vida real. Você se arrependeu mil vezes de ter decidido representar em seu romance o afiado ambiente político de Euskadi nos anos 1980. Num mau momento, decidiu dar protagonismo ao conflito político em sua obra. Se não tivesse sido por aquela crítica de Vidarte ao seu último livro, talvez não tivesse lhe ocorrido se meter em tal vespeiro. E, se não tivesse recebido a oferta para publicar a tradução de seu próximo trabalho em espanhol, talvez tampouco tivesse embarcado em uma história da época de "Si vis pacem, para bellum"[*] que sua irmã exaltava. Você pensou que a editora madrilenha teria apreciado muito mais se fosse acrescentado esse ingrediente genuíno, o conflito basco visto de dentro, mas se arrependeu mil vezes. Nesses dois anos, você duvidou de

---

[*] "Si vis pacem, para bellum" [Se quer paz, prepare-se para a guerra] é uma música da banda Hertzainak, que fazia parte do movimento rock radical basco, surgido no País Basco no início da década de 1980, com elementos de punk, ska, heavy metal e reggae, muito influenciado por bandas como The Clash e Sex Pistols. A letra da música faz referência àquele momento histórico em que o conflito armado pela separação do território causava tensão social e no qual a personagem Libe estava muito inserida. [N. E.]

cada linha que escreveu, não consegue acreditar no que escreve porque não viveu realmente aqueles anos como a sua irmã, a quem chegaram a prender, ou como Jauregi, ou muitos outros; você sempre fugiu do compromisso político, do ativismo, fugiu de qualquer sinal de dor ou de risco e viveu à margem do conflito. Como escrever agora sobre ele, se não encontra fragmentos de verdade nem nas mãos, nem na memória.

Você vê a janela de seu escritório lá do alto e parece tão pequeno... Talvez seja isso. Talvez seja essa a razão da seca dos últimos anos. Você vê a realidade de muito longe. Não se pode ver nada trancado ali, tão longe do mundo. Finalmente, você dá razão a Vidarte. Na crítica a seu último livro, ele escreveu que suas personagens pareciam extraterrestres, que, em seu romance, elas não conheciam uma única referência do mundo em que vivem, do contexto social, político... Que você não as levava às ruas, que as mantinha trancadas, debatendo entre quatro paredes. Mas até mesmo nisso você ficou no meio, porque as olhava de longe, temeroso de entrar em seus mundos internos e em seus pesadelos. Em seu romance, não havia nem compromisso com o entorno, nem com o interior de suas personagens. E, sem compromisso com a verdade, não existe arte. Isso escreveu Vidarte, entre outras maravilhas, sobre seu último romance. E, nesses dois anos, você não conseguiu se livrar da imagem do crítico sobrevoando seu escritório dia e noite e o chamando de extraterrestre. Você é um extraterrestre, Alberdi.

Talvez esse seja o problema. Neste novo romance você tem tentado, mas não é fácil se aproximar do mundo real; quando se aproxima demais, você se assusta, como aconteceu com o caso daquela garota, e então volta a se refugiar no escritório. Não é fácil se aproximar do que se passa no mundo, das pessoas, sem sair de um escritório de onde você só vê seus pesadelos, além dos gerânios que Jasone esqueceu no terraço recentemente.

Você vê seca. Vê obscuridade.

Talvez tenha sido essa obscuridade que o acabou levando para o monte. Justamente para o monte. Talvez tenha sido essa obscuridade que o acabou levando para a luz.

2
Preso a um tempo antigo

Você tomou café em frente à cafeteira americana. Faz anos que toma café diante do mesmo maldito utensílio. Jasone disse mil vezes para trocar de cafeteira, que esta não combina com a cozinha nova. Móveis minimalistas, elementos metálicos, a cozinha parece mais uma nave espacial do que uma cozinha. A velha cafeteira americana está fora de lugar. Você deveria comprar ao menos uma que use cápsula. Mas você insiste que não há lata-velha que faça melhor café do que essa. Ainda assim, não sabe por que, desde que mudou de casa e de cozinha, algo nessa cafeteira faz com que você se sinta mal, como se se refletisse nela, como se também estivesse fora de lugar, antiquado, nesse novo cenário.

Quando Jasone sai para trabalhar na biblioteca e você fica sozinho em casa, a presença do aparelho se faz ainda mais poderosa. O ritmo lento das gotas de café que caem da garrafa de vidro não tem relação com a velocidade das manchetes que aparecem na parte inferior da tela da televisão, que você liga todas as manhãs para ouvi-la ao fundo, enquanto faz seu desjejum: Donald Trump, Alepo, Lesbos, Dow Jones, oceanos de plástico... Não, essas notícias e você não são do mesmo mundo. Lá fora, tudo acontece muito rápido. Dentro, estão você e sua cafeteira elétrica, presos a um tempo antigo. Gotejando, perdendo pouco a pouco a substância.

Faz tempo que você só assiste a canais estrangeiros: CNN, CBS... Isso o tranquiliza. As bombas explodem longe. Quase tão longe quanto as que explodem na história que você não consegue escrever. Por lá, não se esgueiram violências próximas. De lá, ninguém vai lhe contar que nessa madrugada violentaram uma garota na mesma cidade em que sua filha mais nova passou a noite. Jasone ligou para você assim que ouviu a notícia: "Estou ligando, mas ninguém atende", disse angustiada. "Acho que o celular dela está desligado."

Você se arrependeu mil vezes de ter dado permissão para ela ir a Pamplona. "Todas as minhas amigas vão, *aita**."

Com apenas dezessete anos, ela não entende como ocorreu a você deixá-la ir... Quando, depois de uma hora interminável, Eider ligou para a mãe, "O que foi, fiquei sem bateria, não fique assim", você sentiu como se desinflasse, como se saísse pela boca todo o ar acumulado durante uma hora. Uma hora interminável. Uma violação de uma hora. A violação de sua filha. Você a viveu como se fosse verdade e, desde então, sente que em seu interior há um alarme ligado, que há algo que o machuca profundamente quando alguém fala de um homem que abusa de uma mulher, que a violenta, que a assassina. Então, e agora de novo, com a notícia dessa garota que violentaram e abandonaram no monte, como se abandonam os cartuchos, você sente medo, um medo terrível do que pode acontecer a suas filhas. Mas é um medo misturado a um sentimento de culpa que você não sabe ao certo de onde vem. Ou talvez sim, talvez todos esses comentários de Jasone — desde que ela passou a organizar esse clube de leitura feminista, que, sim, isto é uma guerra, sim, estão nos matando... — o tenham afetado. Essa forma de falar dos homens como se fossem todos iguais. Desde aquela terrível manhã de São Firmino, você sente uma mistura de medo e culpa que o paralisa. E se transforma de novo naquele menino que tinha pesadelos à noite. Com o monte, com os latidos dos cachorros

---

* Todas as palavras, expressões e versos de música em basco estão reunidos no Glossário (p. 174). [N. E.]

durante a busca desesperada e angustiante por seu primo Aitor no bosque, quando você também misturou o medo à culpa.

Voltam as obsessões e a paralisia. Tem algo na sua cabeça que não funciona. Tem algo aí dentro que estanca a imaginação e as ideias diante da tela do computador. E não apenas diante do computador. Há uma semana, no banco, você ficou parado em frente ao caixa eletrônico sem conseguir se lembrar da senha. Você foi até lá para sacar dinheiro. Imagina uma bola preta dentro da cabeça, um tumor crescente, e tem certeza de que é isso que bloqueia sua lucidez, que o impede de escrever como já fez um dia, deslizando de um parágrafo a outro. Sabendo sempre aonde ia, aonde queria chegar.

É a mesma bola que provoca pesadelos e que o angustia a ponto de sair correndo de casa para cima do monte mais próximo. E o pior é que os médicos não conseguem encontrar nada. Mas o que sabem os médicos de agora, se eles têm a idade de suas filhas. O que sabem das doenças, dos corpos que se deterioram e das mentes que atrofiam. Você os odeia ainda mais do que os jovens escritores, as estúpidas jovens promessas. Dizem que não é nada, que você pode ficar tranquilo. Nunca reconheceram que eles não são capazes de encontrar nada. Pediram para voltar em seis meses. Seis meses. Nesse tempo, você pode morrer; nesse tempo, o que hoje é uma bola de gude preta no cérebro pode se tornar uma bola de pingue-pongue. Ou uma das bolas pretas que a polícia lança e que sempre lhe causaram tanto medo.

Você teme a morte desde pequeno. Quando ainda vivia em Eibar, à noite enfiava a cabeça embaixo das cobertas — ainda relaciona o medo com o cheiro úmido das cobertas da casa de Eibar — e ficava ali, quieto, suando, com medo de que, de uma hora para outra, a morte fosse aparecer no quarto. Os medos e os pesadelos pioraram desde aquele dia em que seu primo Aitor se perdeu no monte e metade da vila passou dois dias e duas noites procurando por ele. Inclusive você e seu pai. Ainda que na ocasião já vivesse em Vitoria, você voltou a Eibar para ajudar na busca.

Desde pequeno, quando era acometido por pesadelos, você saltava da cama e corria pelo corredor frio até o quarto da sua irmã. A cama de Libe o acalmava, seu cheiro o tranquilizava. Libe sempre foi mais corajosa que você. A irmã mais velha. A que não teve medo nem das balas de goma, nem das detenções. A que não teve medo de se meter nos ambientes políticos mais perigosos, nem, o que sempre foi mais difícil, de sair deles. Ela saiu e escapou sozinha para Berlim, onde continua morando. Também não teve medo disso. Agora segue salvando o mundo à sua maneira com essa ONG de ajuda aos refugiados.

Você, sem dúvida, é um covarde. E o segredo pesa.

De manhã, quando Jasone sai de casa, quando você escuta o barulho da porta, o tão temido silêncio se faz presente. Nos últimos tempos, de sua mente só nascem palavras que se desfazem como papel molhado. Anotações e mais anotações, frases que o encaram e o interrogam quando você as termina. É só isso?

Você tem nas mãos uma caricatura da vida e do conflito, um rascunho morto antes de nascer, uma história na qual nem você mesmo acredita. Uma grande mentira. Algo mais velho e fora de lugar do que a cafeteira americana diante da qual você toma café todas as manhãs.

3
Velhos pesadelos

Quando Jasone volta do trabalho, quando você escuta o barulho das chaves, vai correndo do escritório até a entrada, como um cachorro que fica o dia todo trancado em casa à espera o dono. Mas não é apenas por Jasone que você busca. Quer sentir o frescor da rua que Jasone traz impregnado na roupa, no rosto. Aquele ar frio e limpo que trazem as pessoas que vêm visitá-lo quando você está doente. Aquelas bochechas tão frias quanto as chaves.

Como o frio que seu pai trazia para casa depois de uma jornada de caça. O frio que entrava em casa com seu pai e congelava o olhar e os movimentos de sua mãe. Aquela maneira de lhe dar a espingarda para que a guardasse e as botas sujas para que as limpasse. Aquele frio da água com que sua mãe limpava as botas na pia do banheiro. Aqueles dedos roxos de sua mãe debaixo da água fria. As unhas quebradas de tanto tirar pequenas pedras incrustadas nas fendas das solas.

Hoje, ao escutar o barulho das chaves, você também saiu do escritório e seguiu sua mulher pelo corredor enquanto ela tirava o casaco, como que esperando que Jasone contasse alguma coisa, como se ela tivesse de fazer um boletim do mundo exterior: "Você encontrou alguém? (Alguém perguntou por mim?), quais as novidades?". Como um menino, você vistoriou as sacolas de compras que ela deixara sobre a mesa da cozinha, à procura de algo que nem sabe o que é. Uma mensagem dentro de uma garrafa.

— Hoje a sua mãe veio também? — ela perguntou ao ver os potes na geladeira.

Durante a semana, exceto às sextas-feiras, Jasone almoça com os colegas da biblioteca, e para você, que almoça sozinho de segunda a quinta, chegam as maravilhas dos croquetes, do *marmitako* ou dos feijões que sua mãe traz.

— Já disse a ela que não precisa trazer nada, mas... Assim, ao menos, ela tem uma desculpa para sair de casa.

— Você não devia deixar.

— Mas se ela gosta de fazer.

— Não devia deixar que ela tenha que usar a desculpa de trazer comida para você para poder sair de casa. Devia falar com seu pai.

— Falar com o meu pai? Bem, agora ele só tem cabeça para os sermões...

Alguma parte do cérebro de seu pai se desconectou, e você se convenceu de que deve ser algo hereditário, que há famílias mais frágeis, mais vulneráveis às doenças. Que você também está à espera de que algo exploda aí dentro a qualquer momento, essa bola preta.

Jasone suspira enquanto acende as varetas de incenso da entrada, a caminho do quarto. Sempre faz o mesmo quando chega do trabalho, antes de trocar de roupa. Acender o incenso é uma maneira de dizer que algo cheira mal. Como coisa velha.

— Sabe para quando eles me agendaram? — você diz a ela, enquanto termina de inspecionar as sacolas do supermercado molhadas de chuva, aumentando a voz para que ela possa ouvi-lo do quarto.

— E ainda assim você continua com o mesmo neurologista? — responde, enquanto volta do quarto, já vestida com as roupas de casa.

Ela abre a geladeira, pega alface e tomate e começa a preparar algo para jantar enquanto lhe diz para ficar tranquilo, que, quando você terminar o livro que está escrevendo, todas as aflições sumirão. Que, quando você está escrevendo, sempre lhe dói algo. Que não tem nada na cabeça. E corta o tomate na metade com tanta precisão como se dissecasse um cérebro. Você ficou olhando atentamente para o centro do tomate, como se buscasse ali algum tumor.

Jasone não entende que dessa vez é diferente. Você não contou a ela do caixa eletrônico nem dos pesadelos, que voltaram com força. Os mesmos pesadelos que tinha quando jovem, mas agora não é o seu primo Aitor quem pede ajuda entre os espinhos das amoreiras selvagens. A cena é a de sempre: o monte, a chuva, o precipício... Só que agora quem pede ajuda é uma mulher. Um homem a sacode e arranca a alça de sua blusa, deixando à vista o peito nu. Você vê o terror nos olhos da mulher, vê que ela grita, mas não escuta a voz, só consegue ler os lábios dela pedindo ajuda. E você não faz nada. Tem medo. O caminho até onde a mulher está é muito inclinado, está barrento, você pode escorregar e cair, e esse homem, quem sabe, talvez esconda um facão com o qual intimida a mulher, ou uma arma, e pode matá-lo golpeando a sua cabeça com uma pedra, caso você se atreva a se intrometer. Você fica paralisado e depois foge. Foge entre os espinhos, tampando os ouvidos para não escutar, agora sim, os gritos desesperados da mulher.

Você acorda sobressaltado, suado, se sente culpado. Às vezes, diz a si mesmo: calma, é só um sonho, não tem por que se sentir culpado. E então se lembra da voz de Jasone dizendo "é uma guerra". Desde que ela começou a participar desse clube de leitura, diz coisas assim e faz com que você se sinta mal, porque não sabe muito bem em que lado ela o coloca nessa guerra, em qual das trincheiras enxerga o marido. De fato, você não sabe ao certo entre quem se dá essa guerra. Você também está envolvido? Cada vez que sua mulher utiliza a palavra *guerra*, você se sente culpado, e isso não é justo.

Jasone insiste que todas as suas aflições vão desaparecer quando você terminar o livro e se tranquilizar.

— Com o sucesso, você voltará a dar entrevistas como Ismael Alberdi, com essa voz de escritor...

— Jasone, não exagere...

— ... contemplando o infinito em silêncio por alguns segundos antes de responder a cada pergunta...

— Chega.

— Você vai sarar com os aplausos e sabe disso. O pódio cura tudo.

Ela nunca foi tão irônica com você. Fala como se você fosse como todos os homens, essa massa indistinta de homens que ela vê, como se você buscasse o êxito e o poder a qualquer custo, toda essa merda que denunciam os livros que ela lê. É curioso, mas, desde que você assinou o contrato para publicar a tradução do livro, ela está ainda mais irônica. Quando lhe contou, não se mostrou muito animada, dizendo:

— Que bom. Você falou antes com Jauregi, né?

Jauregi, seu editor, sempre aparecendo de todo lado, sempre tendo que dar bênção ao que você faz e ao que não faz, sempre espiando por alguma brecha atrás de Jasone, como se aquela época em que foram tão unidos na universidade não tivesse terminado. Você sabe que eles continuam conversando, que, cada vez que Jauregi apresenta um livro na biblioteca, passa pela mesa de Jasone, e você tem certeza de que ele a convida para um café. Quem sabe eles conversaram sobre o seu romance, que dessa vez está demorando além da conta para você entregar o primeiro rascunho a Jasone, para que ela faça as primeiras correções, como tem feito com todos os seus livros até agora.

"Ele já te mostrou alguma coisa?"

Você imagina a conversa entre seu editor e sua mulher. Entre seu editor e a revisora de seus textos. E se sente traído. Sente como se estivesse fora desse círculo. Como na época da universidade, quando Jasone publicava contos e poemas na revista literária que coordenava com Jauregi. Quando aquele estudante de jornalismo se aproximou deles com alguns contos que guardava na mochila feito um tesouro. Eles o olharam como se você fosse um intruso. Jauregi relutou, mas acabou publicando um de seus contos. "É porque Jasone insistiu...", disse ele, em tom de brincadeira, apontando para ela. Você a olhou e talvez tenha se apaixonado de vez naquele exato momento por aquela amiga da sua irmã, de quem já gostava desde a primeira vez que a viu à espera de Libe nos arcos.

Ainda hoje, você se sente fora do círculo dos escritores. Odeia estar com eles. Sempre surge, em algum momento, a maldita pergunta: "E no que você está trabalhando agora?". E você vai respondendo como pode, com mentiras em que acaba acreditando. Não gosta das conversas dos escritores, sempre dando voltas em torno da mesma merda, sempre fazendo perguntas: "O que achou do último de Fulano?". Você se sente tenso, num teste infinito. Não são conversas naturais. Antes de falar qualquer coisa, os escritores ponderam duas ou três vezes sobre o efeito do que vão dizer e especulam sobre usar uma palavra ou outra, como se a vida fosse um jogo de palavras. Você fica nervoso por precisar manter constantemente ligado o detector de leitura de entrelinhas.

Jauregi também se dirige a você de uma maneira diferente desde que assinou o contrato para publicar a tradução. Com um pouco de receio, zeloso, talvez com medo de que a edição em espanhol possa fazer sombra ao original em basco, mas com aquela ironia de sempre, com seu humor *made in Jauregi*.

— Bom, e quando é o parto? Já deve estar com as contrações, não?

— Lá vamos nós — você responde.

— Uma resposta muito curta para uma gestação tão longa... Quando levarem você para promover o livro pela Espanha, vai ter que se esforçar mais.

A essa altura, você já se acostumou a essa risada com a qual ele termina cada frase, mas nunca gostou disso. Nunca gostou do tom jocoso de Jauregi, dessa forma de insinuar que publicou seu conto só porque Jasone estava pedindo. Anos mais tarde, sentiu algo parecido, quando, com um rascunho de romance nas mãos, pediu a Jasone que o ajudasse colocando-o em contato com ele, que, na ocasião, havia montado uma editora. Também ali teve a sensação de que Jauregi aceitava ler seu romance apenas pelo pedido de Jasone.

Você não gostava disso na época, mas precisava dele, e continua não suportando essas brincadeiras nem o fato de que ele o lembre, de um jeito ou de outro, que conheceu Jasone antes de você, ainda que reconheça que ele lhe faz falta. Confia completamente nele no plano literário, da mesma forma que continua confiando no filtro preliminar das correções de Jasone.

Por um momento, você se lembrou do tempo em que escrevia sem ser escritor. Naquela época, escrever era seu segredo. Quase ninguém sabia disso ou esperava algo de você, nem seus companheiros da universidade, a princípio, nem os colegas do jornal em que trabalhou, mais tarde, nem os amigos mais íntimos, embora nunca tenha tido amigos muito íntimos. Você escrevia, então, com liberdade, com tranquilidade, imaginando situações que se divertia resolvendo. Não tinha que compartilhar seu passatempo secreto com ninguém. Escrever, para você, era como fazer um *sudoku*, sozinho, reclinado numa cadeira. Poderia viver naquele maravilhoso espaço autista. Era seu, só seu. Aquele espaço íntimo cheirava a açúcar queimado, o aroma de quando sua mãe preparava pudins na cozinha de Eibar. Agora, sem dúvida, desde que sente que há um público que o espera, a escrivaninha branca em que escreve cheira a desinfetante, a produto de limpeza, a vazio. Como a sua cabeça.

Às vezes, Vidarte aparece sobrevoando o escritório. Ele diz, apoiado na parede como uma mosca, que um escritor não pode escrever sobre o que já sabe, mas que precisa escrever sobre o que não sabe, que escrever é o meio disponível para descobrir. E você responde que se senta todos os dias em busca de algo novo, algo que o arraste como uma onda e que o leve para alguma praia desconhecida. Mas sempre encontra os mesmos lugares-comuns.

E logo pensa: o que estou fazendo, falando com uma mosca?

Então chega a acreditar que o melhor seria confessar o que se passa — a quem deveria confessar primeiro? A Jasone? A Jauregi? Às pessoas da editora de Madri? —, mas uma força interna o impede. Há uma força intensa, como uma ressaca marinha, que o impede de aparecer diante do mundo como perdedor. Só resta tentar, desesperadamente e contra o tempo, escrever outra história, uma história que sinta de verdade, que está realmente viva dentro de você, porque a que tem em mãos não vai ressuscitar nem fazendo boca a boca.

Hoje mesmo, a última palavra que você escreveu olhou para a sua cara e disse: "Melhor deixar para amanhã". Você ficou observando a maldita palavra e, ao se dar conta de que a única coisa que pulsava na tela era o cursor, levantou-se para mijar.

4
Assim deixo você escrever tranquilo

Você terminou o último romance há dois anos, quando ainda vivia no Casco Viejo e suas filhas estavam com vocês. Enquanto escrevia, ouvia ao fundo as risadas, as vozes delas. Desde que saíram de casa, já não há vozes nem músicas que o desconcentrem — nem Amy Winehouse, nem Coldplay, nem Gatibu. Agora você vive apenas com Jasone, mas Jasone já não passa tantas horas em casa como antes, ajudando as meninas com as tarefas, fazendo o jantar ou descansando por ter passado a noite no hospital, primeiro com a mãe e depois com o pai, ou trabalhando para você, fazendo as primeiras e as últimas revisões em seus escritos. Nem sequer tem a estante organizada como antes. Os clássicos por ordem alfabética: Camus, Duras, Faulkner, Flaubert, Tchekhov... Os lançamentos por editora... Antes, ela passava horas organizando os livros, relendo e comentando com você. Agora, desde que vieram morar na cidade, Jasone passa cada vez menos tempo em casa. Janta com os colegas de trabalho, vai ao cinema com as amigas ou ao clube de leitura feminista... Sempre tem algo para fazer. Mesmo quando está em casa, não tem tempo para você, conversa com as filhas ou com Libe pelo telefone e à noite fica na sala, diante do *notebook*, terminando algum assunto de trabalho. Desde que os pais dela morreram, um na sequência do outro, e desde que as filhas deixaram de morar com vocês, Jasone não é a mesma, sempre tem algo a fazer, algum lugar para ir...

— Assim deixo você escrever tranquilo — diz ela, enquanto se arruma em frente ao espelho antes de sair. Ela começou a se arrumar de novo, como fazia antes de ter as meninas. Voltou a cortar a franja. De repente, apareceu aquela Jasone, a que, na época da universidade, escrevia naquela revista literária e, acompanhada de Libe, não perdia um show. Aquela Jasone, não a bibliotecária com quem você está casado há mais de vinte anos. Alguma coisa a rejuvenesceu, e você não sabe o quê. Não é que esteja mais jovem, porque os anos já se notam no rosto e no corpo mais flácidos, mais caídos, mas esse olhar... Há algo nesse olhar que lhe escapa. Nesse brilho. Por isso, começou a inspecionar sua bolsa quando ela toma banho antes de jantar, por isso começou a espiar o celular... Você procura algo, não sabe o quê. E hoje acabou encontrando.

Quando Jasone entrou no chuveiro, como faz todas as tardes ao chegar do trabalho, você revirou sua mochila mais uma vez e o que encontrou ali deu sentido à sua busca dos últimos meses: uma pasta de plástico e, no interior, uns papéis impressos com revisões feitas à mão. Você se lembrou das correções que ela faz em seus textos. Reconheceu à primeira vista essa forma de circular uma palavra e mandá-la com uma flecha para outra parte da frase, essas anotações feitas na vertical nas margens... Você só conseguiu ler o primeiro parágrafo e recolocou na mochila antes que Jasone saísse do chuveiro:

"O som de uma porta de correr. Só de descrevê-lo, o terror já toma conta de mim. Basta imaginá-lo para que meu coração comece a bater com força, para que eu faça xixi nas calças."

Você não conseguiu tirar essas três frases da cabeça durante o jantar. Não comentou nada. Preferiu esperar que ela lhe dissesse algo. Mas ela não diz nada. Mexe a salada, lhe serve um pouco, serve a si mesma, bebe água... Quando termina, fica olhando para a garrafa em frente, enquanto, com a mão direita, gira a aliança que leva no anular da mão esquerda; sempre faz isso enquanto pensa. E você se dá conta de que, ultimamente, ela fala menos, se comporta como se estivesse ausente. É muito estranho que não comente nada sobre esse texto com você, porque sempre lhe conta tudo sobre o que está lendo, ou sobre o que vai propor para o clube de leitura, ou sobre alguma novidade que tenha chegado à biblioteca... Sem dúvida, ela gosta mais de falar de literatura do que você. Sempre gostou mais do que você. Sempre, até agora, discutiam sobre suas personagens, sobre as tramas de seus romances... Por isso, soou tão estranho que ela tenha começado a escrever algo novo, depois de tanto tempo, e não tenha lhe falado nada.

Mas quem sabe não seja a bola na sua cabeça que esteja fazendo com que você vá longe demais. Certamente alguma amiga do clube de leitura pediu para que ela revisasse o que escreveu. Os clubes de leitura estão cheios de pessoas que gostariam de escrever. Pessoas que continuam sonhando em escrever. Quase como você neste momento.

Jasone

O som de uma porta de correr

Descrevi meu estupro. Com todos os detalhes. Ainda que nunca tenha acontecido na realidade. Descrevi meu estupro num documento de Word, com palavras que encaixaram de primeira umas às outras, como se estivessem se organizando por conta própria na minha cabeça durante muito tempo. E pensei: todas nós, mulheres, seríamos capazes de fazê-lo. Descrevi nosso estupro, ainda que nunca tenha acontecido. Porque todas temos vivido a angústia desse pesadelo. Todas imaginamos a terrível situação ao menos uma vez. Todas temos andado pela rua com essa possibilidade rondando a cabeça. E as costas. E a nuca.

Meu estupro — deveria dizer meu estupro imaginário? — começa com o som da porta de correr de um furgão. Caminho pela rua à noite, escutando os meus passos, apertando o chaveiro com a mão e as pontas das chaves saindo por entre os dedos, e zás, abre-se de repente a porta de correr de um furgão branco estacionado junto ao meio-fio.

Um som, zás, se transforma num abracadabra que abre a caverna, e lá vou eu, por um tobogã preto, como Alice, com os braços imobilizados e a boca tapada, no escuro. E no buraco escuro tudo passa, ao mesmo tempo, muito rápido e muito devagar. Tento afastar a respiração das minhas orelhas, tento segurar a calça com os tornozelos, tento fechar as coxas... São dois? Três? Não sei. Já não resisto. Me entrego, me solto, para que me doa menos, para que me deixem em paz o quanto antes, como aqueles que se fazem de mortos durante as batalhas. Sempre pensei que me faria de morta numa batalha. Sou um corpo morto num campo de guerra.

Uma porta de correr. Basta abrir uma porta de correr para começar a ouvir um homem que me diz "linda" no último bar, junto ao balcão, entre luzes de neon, para ouvir outro — ou seria o mesmo? — sussurrando "vadia" no meu ouvido, dentro de um furgão, entre caixas de papelão e de ferramentas. Basta abrir uma porta de correr para que a carruagem se transforme em abóbora. Para que o sapato de cristal se quebre.

Zás. O som de uma porta de correr. Só de descrevê-lo, o terror já toma conta de mim. Basta imaginá-lo para que meu coração comece a bater com força, para que eu faça xixi nas calças.

Não sei por que tive a necessidade de escrever, de descrever o meu estupro imaginário. Ou melhor, não sei por que não havia feito isso até então, por que não havia colocado antes no papel, pois agora percebo que sempre esteve aqui, colado a meus ossos, infiltrado em minha pele e, ao mesmo tempo, invisível aos olhos. Como tudo que é essencial. Quem sabe o fato de minha filha Eider ter passado em Pamplona a mesma noite em que violentaram aquela garota, talvez tenha sido isso que fez despertar os meus demônios. Quem sabe esse susto tenha arrancado de mim o que eu carregava comigo por tanto tempo. Desde que começamos a sair à noite ou certamente antes.

— Melhor se formos pela avenida, Jaso — dizia-me Libe então. — É mais iluminada.

Sempre nos pareceu normal preparar a estratégia de volta para casa à noite. Libe e eu saíamos do último bar de Casco Viejo e fazíamos companhia uma à outra até um lugar neutro. Depois, nos despedíamos e voltávamos para casa quase prendendo a respiração. Eu não corria, andava rápido. Me dava medo correr. Me dava medo mostrar meu medo. Não queria pensar em meu corpo trêmulo, em minha pele branca.

Tínhamos todas as estratégias traçadas. Como desacelerar o passo se sentíssemos que alguém nos seguia.

— Você desacelera para ver se a pessoa ultrapassa. Senão... corre — Libe me dizia, sempre mais esperta que eu. — Ou olhe para alguma janela e acene, dando a impressão de que tem alguém à sua espera. E, se a coisa ficar feia, já sabe, dê um chute no saco do cara e corra.

Quantos chutes no saco demos em sonhos.

Descrevi meu estupro e pensei: não nos violentaram mais porque fomos estratégicas. Não nos forçaram mais porque, ao cruzarmos com um grupo de homens à noite, abaixávamos a cabeça, evitávamos olhá-los nos olhos e passávamos ao lado deles o mais rápido possível ou atravessávamos a rua. Não se esfregaram mais em nós sem permissão porque evitávamos entrar de última hora nesses bares, nessas armadilhas para mulheres, mesmo se tivéssemos vontade. Não nos fizeram mais coisas porque nos educaram no medo e o medo nos protegeu. Porque temos nos defendido com o medo.

Descrevi meu estupro e pensei: caramba, isso saiu lá do fundo. E saiu de uma vez, como um rojão de véspera de Ano-Novo. E, uma vez visto o resultado, fiquei surpresa com os detalhes, com os sons, com os cheiros... Estavam todos dentro de mim. Pensei: guardei um estupro aqui dentro durante muitos anos e, até ele sair através de minhas palavras escritas, não havia me dado conta do espaço que ocupava dentro de mim.

Descrever meu estupro despertou uma parte de mim que acreditava estar adormecida, perdida: foi o meu momento de escrever histórias, depois de muito tempo. Uma vez descrita aquela cena, não pude parar de escrever, fiquei com o *notebook* na sala de jantar todas as noites, sem explicar a Ismael o que estava fazendo. Dizia que tinha coisas do trabalho para terminar ou que precisava organizar a próxima reunião do clube de leitura; assim, comecei a contar, em segredo, uma história que se inicia com uma mulher descrevendo seu estupro. E, uma vez destampada a garrafa, saiu todo o resto, tudo que essa mulher retivera dentro de si e que, um dia, explodiria. Explodiu uma história de silêncio e submissão, e com a dela, sem perceber, explodiu a minha, a nossa. E digo "a nossa" porque, atrás de cada palavra dela, eu parecia ouvir o eco de muitas outras vozes. Pela primeira vez, senti que meu corpo guardava a memória dos corpos de outras mulheres. Que os corpos delas estiveram presentes no meu a vida toda, sussurrando como deveria dar o próximo passo. Se deveria dá-lo ou não.

Descrever meu estupro me fez voltar a contar histórias, me fez voltar ao tempo em que eu escrevia contos. Na época, queria terminar um conto para mostrá-lo a Jauregi e publicá-lo na revista, ou mostrar a Libe, minha melhor amiga e leitora mais entusiasmada. Mas, desta vez, não mostrei nada a ninguém. Muito menos a Ismael. Não me atrevi a contar a meu marido que eu havia voltado a escrever. E pensava: em algum momento terei que dizer, para me livrar do sentimento de culpa por escrever às escondidas. Mas não sabia como ele receberia. Afinal de contas, dizia a mim mesma, ele é o escritor desta casa. Ismael Alberdi. Não sou mais do que a esposa que revisa os escritos dele antes de mandá-los para Jauregi na editora.

Estou aqui. Você tinha se esquecido de mim?

Guardei meu romance em segredo como havia guardado no inconsciente, durante anos, a cena do meu estupro imaginário. Quando Ismael ia para a cama, eu passava muitas noites revisando. Às vezes, me perguntava se meu marido lembrava que eu também escrevia, inclusive antes do que ele. Talvez devesse recordar-lhe isso como quem não quer nada. Não tinha por que ser segredo, mas eu realmente necessitava que fosse, por alguma razão que ainda não sabia pôr em palavras. Não tinha palavras, mas, sim, um corpo com memória, que me dizia ser necessário esconder, até esquecer. Assim me sussurravam aquelas vozes de mulheres que me perseguiam.

Além disso, não sabia como dizê-lo. Como explicar que essa porta havia voltado a se abrir para mim e que havia se aberto nada mais, nada menos do que descrevendo meu estupro? Pensei: ele não vai entender nada. Como poderia convencê-lo da verdade dessas palavras, como poderia lhe dizer que as histórias que nascem em nosso interior são muitas vezes mais reais do que as que acontecem do lado de fora? E como poderia explicar algo assim justamente a um escritor, alguém que deveria saber disso melhor do que ninguém?

"Como vai descrever seu estupro se você nunca foi estuprada?"

Eu imaginava ele me perguntando algo assim e, nas entrelinhas, lia: "Como vai escrever se você não é uma escritora?".
Eu não era uma escritora. Não escrevia sobre os grandes temas do mundo. "Não está ruim", me dizia quando éramos namorados e lia alguns de meus contos. Sempre considerou que meus temas eram menores. Minhas palavras, para ele, não cheiravam à tinta dos grandes livros ou à vertigem das grandes aventuras, mas a biscoito de iogurte e manteiga de cacau.

E assim me chocava constantemente com um muro que me impedia de confessar o que estava acontecendo. Talvez meu muro tenha sido interiorizar demais que Ismael fosse o único escritor da casa. E eu, nada além dessa boa revisora que vê o que ele não vê. O complemento do trabalho dele, o complemento do êxito dele.

— Vocês, os *novos euskaldunes*[*], são muito bons nisso... — me disse na primeira vez que me pediu ajuda com seu romance de estreia. Mas sei que ele não buscava minha opinião só porque *euskera* é minha segunda língua aprendida e estudada, o que supostamente me faria detectar os erros gramaticais com mais facilidade. Ele sempre busca minha aprovação literária antes de mandar o texto para Jauregi. Sabe que, depois de anos escolhendo juntos os contos e os poemas que publicaríamos na revista da universidade, o editor dele e eu temos gostos parecidos. Sabe que nossa visão de literatura é muito próxima depois de estudarmos juntos por anos na Faculdade de Letras, de compartilharmos leituras, de organizarmos récitas... Ele não quer falhar com Jauregi. Não se permite falhar nem mesmo na primeira versão. De fato, não se permite falhar nunca. E minha opinião sempre lhe deu segurança. Minhas sugestões sempre o ajudaram.

---

[*] Os novos *euskaldunes* (falantes do basco) são as pessoas que aprenderam a língua sem a ter recebido por transmissão familiar. A maioria aprendeu a língua padrão ou *euskara batua* (basco unificado) criada em 1968 para promover a alfabetização e a comunicação entre diferentes dialetos, uma vez que a língua basca possui muitos deles. Existe certo preconceito contra esse grupo por parte daqueles cujo basco é a língua materna. [N. E.]

Contudo, ainda assim, quantas vezes repetiu o assunto da língua, da minha visão mais apurada da língua por tê-la aprendido. Vocês, os *novos euskaldunes*. Não sei por que ele não diz vocês, os *meio euskaldunes*. Ele não percebe, mas, sempre que se dirige a mim dessa forma, me lança a imagem desse eu que tentei esconder desde os anos escolares. Esse outro eu que aparece na foto da minha primeira comunhão e essa família que veio de Zamora a Euskadi para esse dia: vovô, vovó, o tio que vivia conosco em casa. Toda a família de Toro. E este nome escrito no cartão da comunhão: Asunción. Esse nome que sempre me deixou complexada.

— Ele vive com vocês? — um dia Libe me perguntou, ao ver meu tio sair. — Não tem casa?

— É provisório... Até que garantam que ele vai continuar na fábrica — respondi, sem conseguir disfarçar a vergonha que sentia.

Ter meu tio em casa nos fazia ainda mais pobres. Fazia mais pobre a nossa casa, a nossa família... Fazia-nos mais emigrantes, mais espanhóis. Embora não fôssemos de bandeiras. Nossas únicas bandeiras eram os macacões pendurados na varanda, o do meu pai e o do meu tio. Forjas Alavesas e Michelín.

No dia em que conheci Libe na universidade, disse a ela que me chamava Jasone. Sua família viera de Eibar para que o pai trabalhasse na fábrica que um empresário local acabava de levar para Vitoria, como fizeram tantos de Bajo Deba naquela época. Foi quando enterrei Asunción, Asun, até aquele momento. Me batizei outra vez. Com meu novo nome traduzido, senti que sacudia as palavras *Toro, vovó, vovô, tio, mamãe, papai* que trazia grudadas, como asfalto, na pele desde que nasci. Aquela garota que havia chegado a Vitoria vinda de Eibar era a minha oportunidade de ser outra. Para ser como ela. Meu pai trabalhava numa fábrica, como o dela, e, no fundo, também não éramos tão diferentes. Embora sentisse como se o pai dela tivesse chegado de Eibar com fábrica e tudo, e o meu pai, com as mãos vazias. Como se o pai dela tivesse chegado com um nome, e o meu, como operário sem nome e sem sobrenome.

Ismael, conheci um pouco melhor depois. Apesar de termos nos encontrado antes, conversamos pela primeira vez na época da prisão de Libe.

— Obrigado pelo conto — ele me disse sobre a revista, quando cheguei à casa de seus pais naquela manhã terrível. Na época, ele parecia muito jovem para mim. O irmão mais novo de Libe. Eu só tinha olhos para garotos mais velhos. Sobretudo para Jauregi e para aqueles que andavam com ele nas manifestações, nos shows... Mas isso também mudou.

As coisas mudam.

As coisas podem mudar.

Guardei meu romance como guardei meu estupro. E, enquanto isso, esperava que Ismael me mostrasse o manuscrito dele, como havia feito com os anteriores, mas o momento não chegava, ainda que soubesse que os prazos editoriais se aproximavam.

"Ele ainda não te mostrou nada?", me perguntava Jauregi de vez em quando.

Eu respondia que não, que dessa vez Ismael nem sequer quis me adiantar alguma coisa e que eu estava à espera. Ficava esperando que Jauregi tirasse meu marido do meio da conversa de uma vez por todas, porque, quando me falava dele, sentia que meu marido era um pedaço de carne que havia enganchado entre meus dentes. Ficava esperando que Jauregi conversasse comigo, com sua colega de faculdade, a mulher para quem sempre olhou de um jeito especial, a mulher com quem vivia brincando, que é a forma como sempre abordou as pessoas que lhe interessavam. Sempre houve algo, uma tensão, que não chegou a explodir por conta do contexto, do ambiente, do medo. Havia uma tensão física, mas também intelectual, entre nós. Mas, quando ele começou a trabalhar com Ismael, deixou de falar comigo, Jasone, e passou a falar com a esposa de Ismael. A corda deixou de ser tensionada, se afrouxou. De repente, ele me fez sentir como se eu cheirasse a biscoito e aromatizador de ambiente. E, embora durante um tempo eu tenha aceitado isso com resignação, assim que me lembrei de já ter escrito um dia, senti necessidade de recuperar a Jasone de então também aos olhos de Jauregi. Senti um chamado do próprio corpo, um grito guardado durante muito tempo:

"Ei, estou aqui, você tinha se esquecido de mim?"

Ao descrever meu estupro imaginário, apareceram lembranças que eu havia sepultado. Por exemplo, me lembrei de que, quando era muito jovem, minhas primeiras fantasias sexuais se pareciam com um estupro, sem a violência de um estupro real, mas eram relações sem consentimento. Estava deitada de biquíni na espreguiçadeira de uma piscina de clube, com as mãos atadas, e um homem bonito tocava meus mamilos com os dedos e logo puxava meu biquíni e cobria todo meu peito com a mão dele. E eu lhe dizia que não, não, mas no fundo queria dizer que sim, sim. E logo ele colocava a mão na parte de baixo do biquíni, e eu continuava dizendo que não, enquanto me contorcia de prazer. Com o tempo, fui percebendo que sonhava essas coisas porque era a única maneira de desfrutar o sexo sem sentir culpa; sem medo de estar fazendo algo que não devia. Ou, quem sabe, também porque conseguiram fazer com que ficasse interiorizado em nós, desde pequenas, o abuso como algo natural, até mesmo *sexy*, a ponto de isso adentrar inconscientemente em meus desejos. Assim, escrevendo, apareceu uma parte do meu passado que acreditava estar perdida. Assim, escrevendo, comecei a entender o porquê de algumas de minhas atitudes. Sempre há um porquê que acaba aparecendo.

Talvez por isso seja perigoso escrever. É uma maré baixa perigosa, que deixa à vista as rochas antes escondidas pela água. E nem sempre gostamos do que surge. Porque, com a maré baixa, desaparecem as palavras que usamos quando flutuamos, elas sobrevivem como uma boia sobre a superfície; e aparecem outras, as que pesam feito chumbo, as que estão no fundo e só se veem com a maré baixa.

E, junto com essas palavras, aparecem plásticos, embalagens Tetra Pak, latas de Coca-Cola oxidadas, o cartucho de uma espingarda, um absorvente higiênico inchado como o corpo de um afogado. Nem sempre gostamos do que aparece quando escrevemos.

Em minhas palavras, encontrei uma dor contida que não era de todo consciente. Ao ler o que escrevi, senti como se alguém estivesse golpeando meu corpo durante muito tempo, como se alguém tivesse me violentado enquanto eu estava drogada, anestesiada, durante anos. Não conseguia lembrar o que havia acontecido. Só sentia a dor. Uma dor destilada. Uma dor desnuda. Não poderia explicar isso diante de um juiz. Não tinha provas. A dor não é uma prova. Perderia a ação. Talvez por isso tenha voltado a escrever. Porque precisava de provas. De evidências.

E pouco a pouco começaram a aparecer.

Ismael

7
É uma guerra

Desde que vocês passaram a viver sozinhos, ligam a televisão só depois de jantar, como faziam antes, quando suas filhas estavam em casa. Era uma desculpa para que todos se reunissem no fim do dia em algum lugar e conversassem. A família reunida ao redor do fogo. Agora vocês jantam e, em seguida, já se enfiam na cama para ler. Embora no último ano Jasone tenha passado muitas noites na sala de jantar com o computador e se deitado mais tarde. Desde que encontrou aquele texto na mochila dela, você suspeita que, quem sabe, ela o esteja revisando. Ontem você voltou a inspecionar a mochila, mas o texto não estava mais lá. Você tinha ficado com vontade de continuar a leitura.

Hoje ela está na cama, lendo. Deitou-se antes de você. Você a olha do banheiro. Você a vê de longe.

Quando você se aproximou, por um momento Jasone levantou os olhos do livro, baixou os óculos até a ponta do nariz e o lembrou da visita de Maialen com o namorado no fim de semana.

— Você acha que Maialen está feliz com esse garoto?

Jasone sempre trazendo à tona temas profundos quando você só tem neurônios para vestir o pijama.

— Acho que sim — responde, enquanto se despe.

— Você não gosta dele, gosta?

— Acho que é você que não gosta dele. Eu o tratei com educação, ou não tratei? — Você levanta o lençol e fica um tempo quieto, como que hesitando entre se deitar ou não. — Não olhei feio para ele, olhei?

— Você olhou pra ele com cara de: *então é você que está comendo a minha filha...*

— Jaso... não exagere...

Sua esposa não diz algo assim faz dez anos. Você não entende o que está acontecendo com ela.

— Eu? Como as coisas mudam quando a mulher em questão é a sua filha.... Falando nisso, Eider vai para a Turquia com uma amiga.

— Para a Turquia? E você não ia me contar nada?

— Estou contando... E, calma, ela não é uma criança. Não precisa mais da nossa proteção.

— Nem da nossa permissão, pelo visto.

Você se lembrou do dia em que deu permissão à sua filha para ir a Pamplona. Elas já nem precisam mais da sua bênção para nada. Não lhe perguntam mais nada. Você não sabe mais qual é o seu lugar na família. Você não manda em nada. Ninguém precisa de você. Nem as suas filhas. Nem Jasone.

Jasone voltou para o livro e, depois de ler algumas linhas, levantou a cabeça de novo para dizer algo. Você espera que ela faça algum comentário sobre o que está lendo, como habitualmente faz. Muitas vezes, sobretudo quando lê algum livro do clube de leitura, ela cita o nome da autora, e você nem se atreve a dizer que não a conhece. Não quer começar a discussão de sempre, de que se você não está a par do que as mulheres estão escrevendo, é porque não lhes dá valor... Você já está cansado. Já não tem paciência para essa moda de questionar tudo. A influência de Libe é latente, Jasone repete o que dizem esses livros que lhe recomenda. Organizar o clube de leitura da biblioteca também foi sugestão de Libe. Mas como dizer essas coisas a Jasone sem que ela fique uma fera?

— Não consigo tirar essa garota da cabeça — ela confessou a você. — A que foi encontrada no monte.

Sua respiração se acelerou de repente. Jasone meteu o dedo na ferida que está lhe causando tanto desconforto, sem saber ao certo por quê.

— Eu também não. Não sei o que está acontecendo ultimamente — você respondeu.

— Ultimamente? — ela perguntou levantando as sobrancelhas e colocando o marcador na página do livro. Sinal de que está se preparando para discutir. — Você diz como se isso fosse algo novo.

— Não, mas... Desde o episódio em Pamplona, parece que não existe outro assunto...

Você responde com um pouco de medo, como que medindo cada palavra. Sabe que não pode brincar com Jasone sobre isso. Já sabe o que ela vai dizer agora, que isso é uma guerra. Certamente também deve ter aprendido isso com Libe.

— Isso é uma guerra, Isma. E não começou ontem. É a guerra mais longa da história.

Você teve a tentação de replicar-lhe que não misturasse as coisas, que é terrível o que aconteceu, que o sujeito capaz de fazer o que fez com aquela garota é um desgraçado, mas é um estupro e um assassinato. Não uma guerra. Que não foram todos os homens do mundo que a estupraram e mataram. Que não são todos iguais e que essas frases não produzem outra coisa a não ser fazê-lo se sentir culpado, que têm um efeito contrário nos homens. Mas você não disse nada. Jasone fica muito na defensiva com esses assuntos. Não dá para conversar com ela. Antes não era assim.

— Isso é uma guerra, Isma, você não percebe? — ela repetiu, aumentando o tom de voz. Ela é que está buscando guerra, você pensou.

São esses livros que Libe envia para ela. Deixam a cabeça de Jasone fervendo. E esse maldito clube de leitura. Mas também a preocupação. Embora não queira reconhecer, ainda que repita mil vezes que as filhas sabem se cuidar sozinhas, Jasone também teme por elas.

— Calma, Jasone.

— Calma? Esse é o problema. Não sei como você pode estar calmo...

— Quem disse que estou calmo? E não me inclua em nenhum grupo. Sabe? Estou tendo pesadelos com o que aconteceu com aquela garota, veja só como estou calmo — você se atreveu a confessar. — Também sinto medo e asco. Sim, eu também.

— Pesadelos? O que você sonha? Que estupraram você?

— A mim? Não. Sonho que pegam e estupram uma mulher.

— E não sentiu nunca que essa mulher era você?

— Bem, não.

Jasone ficou em silêncio por alguns segundos.

— Você nunca se sentiu na pele de uma mulher, nem mesmo nos sonhos?

Ela está entrando num terreno perigoso. Com certeza você dirá alguma coisa que não deveria.

— Bem, não, acho que não. Também devo me sentir culpado por isso? Por que você está com essa cara? Ou é normal você sonhar que é um homem?

— Não sei se sonho que sou um homem, mas já me senti na pele de um homem muitas vezes... — Jasone apontou para os livros na estante. — Cada vez que leio, por exemplo. Eu sou Carlos, David... Sou Gregor Samsa. Me coloco na pele das personagens sem pensar que são homens, sem pensar que eu não sou homem. Para vocês, é muito mais difícil vestir a nossa pele.

Você ficou com vontade de dizer que talvez fosse porque elas não mostram esse mundo secreto das mulheres, esse espaço inacessível... Como se sentir na pele de uma mulher se os homens não sabem como elas realmente são? Se não sabem nada de seus segredos, nem sequer os das esposas.

Jasone se calou por um momento e depois continuou com o discurso.

— Não tenho nenhuma dúvida de que o que aconteceu com aquela garota machuca vocês profundamente, mas vocês precisam reconhecer que a dor não é de vocês. São o medo e a dor que sentem pelas filhas, pelas parceiras, pelas irmãs... A dor que sentiria se acontecesse algo assim com elas. Mas não é realmente a dor de vocês.

— Jasone... Por favor, não me inclua em nenhum grupo. Não diga "vocês". Eu sou eu. Não "vocês".

Cada vez que Jasone diz "vocês", ela faz com que você se sinta culpado. E ainda que não queira pertencer a nenhum grupo, sob a epiderme, como uma tatuagem interna, aparece sua imagem com seu pai, indo juntos para a caça quando viviam em Eibar, e a imagem da sua mãe e de Libe fazendo compras. Você enxerga dois mundos. Dois grupos. Duas equipes. Elas e vocês. Quando Libe disse ao pai que também queria procurar Aitor, ele negou. Não, nós iremos, respondeu a ela. Vocês ficam em casa. Vocês e elas.

E nesse "elas" também estão suas filhas. O medo que sente por elas. De quem tem medo? De nós? De homens como você? Ou são outros esses homens? Onde eles estão? Em qual caverna se escondem? Estão na Turquia? Em Pamplona? Dividem o apartamento com suas filhas? São os companheiros delas? Namorados? Quem é esse homem que violenta a mulher em seus pesadelos? Você não tem nada a ver com esse homem. Não é justo esse "vocês" em que querem enfiar todos os homens.

Você não suporta esse tom, sobretudo de sua esposa, quando fala de homens e mulheres, essa forma de se dirigir a você como se fosse um incapaz, como se não entendesse nada. Como não seria capaz de se colocar na pele de uma mulher? Você é um escritor, é capaz de se colocar na pele de qualquer pessoa. Por um momento, você se lembrou dessa mulher, a que aparece no seu pesadelo, e se imaginou escrevendo sobre ela. E mais, você sentiu uma necessidade repentina de escrever sobre ela. De escutar sua voz. Quem sabe dessa forma, enfim, espante seus fantasmas.

— E se a protagonista do meu romance fosse uma mulher? — saiu assim, sem sequer pensar.
— Uma mulher? Mesmo?
— O que foi? Não acha que sou capaz?
— Sim, claro... Mas, olhe, se colocar na nossa pele não é a mesma coisa que inventar as nossas palavras.
— Uau... — Você levou a palma da mão à testa, como se quisesse comprovar que não tinha febre.
— Não faça isso.
— Como quer que eu escreva sobre alguém que não sou sem inventar suas palavras?
— Talvez a única maneira de escrever alguma coisa que venha de dentro seja encontrando algo próprio ali, algo que você compartilhe com ela. De dentro dela e dentro de você ao mesmo tempo. E, para isso, precisa olhá-la de frente, de igual para igual.

Você ficou calado, esperando que Jasone descarregasse toda a teoria acumulada depois de tanta leitura aliciante.
— Em algum momento, você chegou a se perguntar de onde está olhando para essa mulher sobre quem está escrevendo? De onde você nos olha?
— De quem você está falando? Não fale no plural. Já disse que eu sou eu. Apenas eu.
— Sim, você é você, mas não pode negar que existe um nós, um nós que aprende desde muito pequeno o que se supõe ser um homem.
— Pois acho que ainda não tenho muito claro o que é ser um homem...
— Pois basicamente é ter que demonstrar todos os dias que não é uma mulher... Nem um maricas, claro.
— Jaso, qual é o seu problema? Eu não faço isso, por favor.
— Não? Pois você precisa se ver falando com seu pai... Precisa escutar a voz de homem que usa quando fala com ele...

Isso foi um golpe baixo. Ela não tem direito de dizer isso. Qual é o sentido de pôr o pai no meio agora?

— É melhor deixar isso pra lá — você respondeu ofendido. Deitou-se de barriga para cima e apagou a luz da sua mesa de cabeceira.

Jasone colocou o livro sobre o móvel a seu lado, também apagou a luz e se encolheu na cama de costas para você. Sem dizer mais nenhuma palavra.

Você ficou um bom tempo acordado, olhando para o teto. De que voz ela está falando? Que voz você usa com seu pai? Não é a mesma que usa com os outros? Fechou os olhos e, ao longe, parecia escutar a voz grave de seu pai cantando o hino de Santo Inácio, o patrono, que lhe ensinara quando criança: *"Inaxio, gure patroi handixa..."*. E você cantando com ele, imitando aquela voz nobre, aquela voz de homem. De homem-homem.

8
Nossas canções de toda a vida

Agora, lá de cima, você confirma algo que sempre pensou. Tudo teria sido melhor se tivesse sido Libe, se tivesse sido sua irmã a buscar Aitor em seu lugar. Se Libe tivesse feito muitas outras coisas que mandaram você fazer. Mas seu pai tinha claro que aquilo não era para ela. Assim como não era para você isto de cantar aquelas canções com sua irmã. Libe tinha dezesseis anos, você, treze. Colocava a fita da banda Itoiz no aparelho de som do quarto e começava a cantar: *"Eremuko dunen atzetik dabil, zulo urdin guztiak miatu ezinik, eta euri zitalari esker bizi da..."*. Você se lembra de cantar e, ao mesmo tempo, ajudar sua irmã a escrever na capa das fitas o nome das bandas e as músicas que gravava. Mas, um belo dia, o tempo em que cantavam juntos terminou. À medida que você foi crescendo, cada um ocupou seu lugar. Ficaram divididos em dois mundos.

Naquele Natal, eles lhe compraram um pequeno piano. Seu pai decidiu que se era inevitável o gosto do filho por cantar, ao menos que cantasse canções tradicionais que ele mesmo ensinaria, e não essas que você compartilhava com sua irmã. "Nossas canções de toda a vida", seu pai lhe dizia. E com ênfase especial na palavra "nossas". Você ainda se lembra de seu pai batendo nas teclas com os dedos indicadores, com aquelas unhas quadradas, cantando ao mesmo tempo *"I-na-xio gu-re pa-troi han-di- xa..."*.

Desde que você aprendeu as *nossas canções de toda a vida*, algo foi morrendo aí dentro, pouco a pouco algo se espalhou em seu interior como um antibiótico, que foi apagando progressivamente sua vontade de cantar com Libe. Talvez tenha sido esse o momento exato em que os mundos de vocês começaram a se distanciar. Os lugares de vocês no mundo. A partir dali, a única que continuava cantando em casa era Libe. A princípio, músicas de Silvio Rodríguez e Pablo Milanés, depois do Dire Straits... Logo chegariam à vida dela as letras de Kortatu, Tijuana in Blue, RIP: *"Enamorado de la muerte..."*; Korroskada, Cicatriz, Hertzainak: *"Hil ezazu aita, hil ezazu bertan..."*. E, com elas, aquele ambiente obscuro da militância política. La Polla, Barricada: *"Pero alguien debe tirar del gatillo..."*. Foi então que a porta do quarto de Libe se fechou para você para sempre. Nunca mais voltou a abrir.

A partir de então, sua irmã passou a escapar de você como uma lagartixa, nunca lhe deu permissão para saber o que ela sente, para saber quem é de verdade. Como conhecer as mulheres assim? Na verdade, você tampouco fez um grande esforço para entrar nessa caverna. Uma caverna obscura e perigosa. Sempre lhe deu medo ver sua irmã na primeira fila da militância. Desde o início, supôs que aquilo teria consequências. Libe passou cinco dias detida pela Polícia Civil. Cinco dias sem comunicação, com base na lei antiterrorista. Você nunca falou com ela sobre o que lhe aconteceu, nem sobre como se sentiu naqueles dias. Já havia quilômetros entre vocês, embora ela ainda não tivesse ido morar em Berlim. Depois foi solta sem acusações.

Sem dúvida, Libe teria escrito um romance sobre o ambiente político pesado daqueles anos muito melhor do que você. Também isso ela faria melhor. Você sempre fugiu de tudo aquilo. Sua única relação real com o conflito foi a prisão dela e aquele pedido para levar um pacote até Vitoria. Só teria de deixá-lo num bar de Vitoria, como lhe pediu seu primo naquele dia em que você voltou a Eibar para caçar com seu pai. Não sabia o que continha. Não se atreveu a perguntar algo. Os olhos de Aitor tampouco permitiam qualquer pergunta. Você pegou o pacote, colocou na mala e, quando seu pai disse que você voltaria a Vitoria de ônibus, que ele ficaria para jantar no clube com seu tio e os amigos, você se sentiu tão sozinho, tão assustado, que parecia que aquele pacote pulsava, que tinha vida própria. Ao entrar no ônibus, você o enfiou embaixo do assento. Passou toda a viagem imaginando que aquele pacote explodiria e transformaria você e todos os passageiros em pedaços de carne voando pelo céu, como Piti e Naskas. Ao chegar à rodoviária de Vitoria, aterrorizado, não se atreveu a pegá-lo. Você o deixou ali. E ali deixou a possibilidade de ser um herói, sua possibilidade de, algum dia, lhe dedicarem uma canção ou fazerem um grafite em sua homenagem, sua possibilidade de não ser o covarde oficial. E aumentou seu medo de voltar a encontrar seu primo ou alguém relacionado com aquele ambiente áspero em que vivia sua irmã.

Um ambiente ao qual você quis retornar com seu romance. Mas foi uma ilusão pensar que poderia escrever algo verossímil sobre o conflito. Como, se não chegou a conhecer a delegacia como sua irmã, nem nunca soube como é passar a noite sem pregar os olhos pensando que a Polícia Civil vai arrombar a porta de sua casa durante a madrugada, nem o que é ter de olhar embaixo do carro antes de dar a partida por medo de que uma bomba lhe despedace o corpo? Como escrever qualquer coisa sobre o conflito se sempre o enxergou a partir de um lugar seguro? Como os jornalistas que escrevem crônicas de guerra sem sair dos hotéis. Tudo o que você escreveu até o momento é de papel machê. Falso. Não há coração nessas palavras. Como escrever sobre o sofrimento sem deixar o coração em cada palavra?

E agora, do alto, você se pergunta o que realmente lhe acelera o coração. Sem dúvida, essa outra guerra de que fala Jasone, esse pesadelo da mulher que está sendo espancada e violentada no monte que o tira da zona de conforto. Sente, inclusive, que perde o ar quando vê as imagens. Essa mistura de medo e culpa, esse poço cheio de pensamentos obscuros. Por que se sente tão mal? Na verdade, você não sabe. É algo por descobrir. É como se por trás da imagem dessa mulher que está sendo violentada se escondessem histórias desconhecidas que palpitam sob o solo que você pisa. Mas quais histórias são essas? E por que lhe perseguem?

E Vidarte volta à sua mente. Apoiado na parede do escritório como uma mosca, ele lhe lembra que um escritor não tem de escrever o que já sabe, mas justamente sobre o que não sabe e sobre o que quer descobrir. Escrever é uma forma de chegar a descobrir. Por que não? Talvez essa seja a sua última carta. Talvez o que tenha conversado com Jasone tenha sido uma premonição.

— Eu deveria escrever sobre ela? Sobre essa desconhecida? — perguntou à mosca apoiada na parede.

E, enquanto espera uma resposta, você pensa que é um absurdo acreditar que vai ser mais difícil se colocar na pele de uma mulher, como insinuou Jasone. Você é um escritor e pode se colocar na pele de qualquer pessoa. Claro que pode. E vai tentar. Ainda que já não lhe reste muito tempo.

Pode levar o *aita* para sua casa

Você se sentou no escritório, de frente para o computador, com o espírito de quem vai escrever a primeira linha da história. Na primeira linha, sempre existe muita vontade, muito campo aberto. À medida que avança, as portas sempre vão se fechando, delimitando um caminho concreto. Escrever é ir perdendo liberdade a cada parágrafo. Mas, na primeira linha, você é livre. Não depende de ninguém. Ainda não é escravo das próprias palavras. Acontece como na vida: à medida que se avança, as opções vão se tornando mais escassas.

Você quer se aproximar dessa mulher, descobrir o que ela pensa, o que ela sente. Ainda que não saiba muito bem por onde começar. Tem sentimentos contraditórios diante dela. Quer vê-la como se fosse você, mas não pode evitar que seu sentimento de culpa projete uma sombra sobre ela, a sua, que não permite que você a veja bem. É irritante reconhecer que, ontem, na cama, Jasone talvez tenha feito a pergunta precisa, à qual você não sabe responder. De onde você olha para essa mulher? Você não sabe. Jasone disse que para os homens é mais difícil ver as mulheres porque é mais difícil ver o que está nas margens, sem iluminação, na sombra. Você precisa fazer esforço extra para ver, ela disse. E, enquanto se lembra das palavras de Jasone, enquanto tenta ver essas margens que desconhece, justo nesse momento, o telefone sobre a mesa começa a tocar. É um número extenso, que você não reconhece.

Quando informaram ser do hospital, você logo pensou em sua cabeça. Uma chamada urgente para se internar e operar o quanto antes. Enfim se deram conta de que você tem uma bola preta na cabeça que o impede de pensar. Você sentiu uma satisfação estranha e inconfessável ao intuir que iriam lhe comunicar o diagnóstico de um tumor. Enfim se livraria da pressão, dos prazos de entrega, da culpa por não ter nada a oferecer. Você teria, enfim, uma justificativa para o fracasso. Mas não. A ligação é por causa de sua mãe. Ela desmaiou na rua e quebrou o quadril.

Você chegou ao hospital correndo, encontrou sua mãe na maca do pronto-socorro, com a bochecha inchada e arranhada e o braço sobre o lençol, quieto para não mover o acesso instalado na veia. Ela leva um bracelete no pulso com o nome e os dados. Você se lembrou das pulseiras que colocaram em suas filhas ao nascer.

Parece que ela levou uma surra.

Você se aproximou dela sem saber muito bem o que fazer com as mãos, se pegava as da sua mãe; o que fazer com o corpo, se lhe dava um beijo, se a abraçava... Não foi capaz de fazer nada. Ninguém tampouco o ensinou a fazê-lo naquela cozinha de azulejos brancos, e jantares quentes, e conversas frias. Ninguém lhe ensinou quando se deve abraçar, como fazê-lo, o que fazer com o corpo quando o abraçam. Sua mãe tampouco lhe deu tempo para tanto. Ela o expulsou quase antes que abrisse a boca.

— Ainda bem que você chegou, tem que ir lá em casa — ela disse assim que você entrou no boxe.

— Mas, afinal, como você está?

Sua mãe tentou minimizar a importância da situação, apesar da expressão de dor no rosto. Ela foi treinada para isso.

— Bem. Já estou sendo atendida aqui... Vá ficar com seu pai. Você sabe que ele não gosta de ficar sozinho. E ligue para Libe.

Sua mãe está preocupada com o marido. Desde que a cabeça dele começou a falhar, ela tem evitado deixá-lo muito tempo sozinho em casa. Embora antes também não deixasse. Nos últimos anos, o estado de saúde de seu pai tem sido uma desculpa para ela não sair, antes ficava em casa sem desculpas. Sobretudo desde que seu pai se aposentou. A partir de então, acabaram-se as manhãs de cuidar dos afazeres com tranquilidade. A partir de então, sempre tinha pressa em subir. Onde você estava? Medo de chegar tarde.

Foi estranho ver sua mãe deitada, quieta, tão vulnerável de repente, sem conseguir aceitar que já não pode cuidar de tudo como sempre fizera. Parece mentira, vendo-a assim, que seja a mesma mulher que, na cozinha, depenava as codornas que o marido caçava e se punha, ato contínuo, sem descanso, a cortar cebola para preparar o molho espanhol em que as cozinharia. A mesma que remexia aquela lata de biscoitos, cheia de botões de todos os tamanhos e todas as cores, para costurar uma camisa, uma jaqueta, um suéter. Aquela que guardava dinheiro numa lata para, algum dia, comprar um casaco imitação de *vison* para ir à missa aos domingos. A mesma que fazia para vocês aqueles cachecóis de lã que tanto pinicavam. Que vão pinicar, ela dizia, porque vocês têm a pele fina. A que continuou fazendo cachecóis para mandar a Libe em Berlim. Porque ali faz muito frio.

Sua mãe de repente é outra. Alguém que precisa de proteção, de cuidados. Até hoje, nunca a tinha visto assim. Nunca vira os olhos dela tão pequenos. Tão necessitados.

Jasone chegou justo no momento em que você saía da emergência, depois de olhar para as enfermeiras com cara de lamento, como se tivesse que se desculpar por sair tão rápido dali.

— Vejamos se você tem mais sorte, a mim ela expulsou daqui... — você lhe disse levantando os ombros, pensando que Jasone sempre chega no momento oportuno. — Você tem o celular da Libe?

— Você não tem o número da sua irmã? Já vou telefonar, assim dou um oi para ela...

Você a observa enquanto liga para Libe, apoiada na parede da emergência. O olhar de Jasone se acende quando fala com sua grande amiga. Aparecem covinhas nas bochechas antes mesmo de falar com ela, enquanto escuta os toques da chamada. Saber que vai falar com ela faz sua esposa sorrir. Apesar de Libe viver em Berlim há quase vinte anos, não perderam o contato, nem a amizade da juventude, e se falam ao menos uma vez ao mês. Também se escrevem, trocam mensagens, recomendações de livros... Quando Jasone fala com ela, lhe sai aquela voz de então. Aquele tom de voz vibrante, vivo.

Desde que ela se mudara para Berlim, você falou com sua irmã por telefone poucas ocasiões. Sabe dela pelo que Jasone ou sua mãe lhe contam. Com frequência, sua mãe conta coisas sobre a ONG em que ela trabalha há uma década e onde, segundo parece, acumula responsabilidades cada vez maiores. Ela não frequenta mais acampamentos, e sim um escritório, dirigindo e organizando tudo. Conforme sua mãe lhe disse recentemente, agora Libe anda muito ocupada organizando os campos de refugiados de Lesbos.

Você não encontra sua irmã desde o último Natal. Ela veio sozinha, sempre vem sozinha, apesar de ter uma namorada em Berlim há muitos anos. Nunca a traz consigo, nunca fala dela em casa. É por causa do pai de vocês. Todos, exceto seu pai, sabem que ela tem namorada, Kristin. Uma vez, na ceia de Natal, seu pai comentou algo sobre ela continuar solteira, usou a palavra *solteirona*, e se fez silêncio à mesa. Não queria acabar como seu pai, sendo o único à mesa que não sabe o que sabem todos os demais. Na sua casa, muitas coisas ficam por dizer. Ou são ditas por telefone, quando você não está escutando.

A voz de Libe lhe soou metálica, mas você não estranhou. Desde que cresceram, há algo metálico entre vocês, algo frio. Desde que Libe começou a fechar a porta do quarto, desde que começou a se meter naquele emaranhado político que sempre lhe deu tanto medo, sobretudo desde que a prenderam, parece que vocês passaram a se falar por um cabo metálico, ainda que estivessem frente a frente. Então você não estranhou. A época em que se enfiava na cama quente de Libe, em que brincava com ela e cantavam juntos, ficou distante. Ainda que aquela voz seja a mesma de quando cantavam juntos as canções da banda Itoiz.

Enquanto lhe conta o que aconteceu com sua mãe, você nota uma falta de espanto por parte de sua irmã, como se o que houve fosse algo que ela esperava que acontecesse uma hora ou outra.

— Já faz tempo que está com o problema na cabeça... Estava à espera dos resultados de uma tomografia.

— Eu não sabia de nada.

— Acho que ela não queria assustar vocês.

Você não entende por que sua mãe não lhe disse nada, se vocês a veem toda semana, e por que ela contou à filha que mora a milhares de quilômetros. E por que também não disse nada a seu pai. Talvez isso você entenda, tendo seu pai a cabeça que tem, e porque nunca se mostrou muito receptivo na hora de escutar as queixas dos outros, mas você não pode imaginar o que sentiria se Jasone ficasse doente e não lhe dissesse nada, se não dissesse nada ao homem com quem convive já metade da vida.

Ultimamente, sua suspeita de que os homens da família estão perdendo algo aumentou. Que há ao redor de vocês um território oculto, um mundo estranho que nunca conheceram. Seu pai nunca soube da homossexualidade de Libe e ainda não sabe que a esposa sente tonturas há quase um ano. Libe e Jasone estão em contato, falam de tempos em tempos das injustiças do mundo, de livros, de filmes... Mas Libe nunca recomenda um livro para você, vocês nem conversam... Por acaso não é você o irmão dela? Por acaso não é você o escritor da família? Você está começando a suspeitar que perde tanta informação na sua família quanto seu pai, que lhe ocultam detalhes, que não lhe contam tudo. Até mesmo suas filhas. Contam as coisas à mãe delas. Jasone fala com elas todos os dias e, ao se despedir, às vezes lhe passa o telefone para que você dê um oi. Quando chega ao telefone, o aparelho está quente, e suas filhas estão com pouca vontade de falar. Já disseram à mãe delas tudo o que tinham para dizer.

— E o *aita*? Está sozinho? — perguntou Libe.
— Sim.
— Vá ficar com ele. Ande, vá.
— Você também? Por que tanta urgência? O *aita* pode ficar bem sozinho.
— Não, não pode.
— O pai não é nenhuma criança...
— Ele sente medo. Sente medo de ficar sozinho. Olhe, Isma, não posso ir agora, tenho algumas coisas importantes para terminar, mas vou tentar pedir uma licença daqui a um mês. Até lá, precisamos organizar isso... E você terá que fazer companhia ao *aita*. Posso arranjar para que ele passe as manhãs com Nancy, mas na parte da tarde...
— Preciso escrever, não posso passar as tardes na casa do *aita*.
— Você poderia levar o pai para sua casa. Enquanto a *ama* estiver internada. Você fica no escritório, e ele vê televisão.

Libe está acostumada a tomar decisões diante de emergências. Está acostumada a mandar, a organizar uma resposta urgente diante de uma crise. Mas esse é outro tipo de crise.

Levar seu pai para casa. Que grande ideia de Libe. Como se ultimamente já não tivesse muitos problemas de concentração para escrever. Só falta ter o pai em casa com a televisão no máximo, assistindo, a tarde toda, a *game shows* e anúncios de fixador para dentadura e iogurtes líquidos para o colesterol. O pai lhe pedindo café com leite e biscoitos. O pai tossindo até quase perder o ar. Escarrando no lenço e olhando o que saiu, para então dobrá-lo e colocá-lo no bolso da camisa.

Você não suportou. A imagem de seu pai em sua casa o fez perder o controle. Você se afastou de Jasone até a área onde estão estacionadas umas ambulâncias. Está a ponto de confessar à sua irmã o que não disse a ninguém, como se tivesse recuperado aquela atmosfera de cumplicidade que se criava entre os dois quando, apavorado, você se enfiava na cama dela. Outra vez sente medo, outra vez volta para a cama de sua irmã.

— Olhe, Libe. Tenho um prazo de entrega do novo romance que não vou conseguir cumprir.

— Conte a eles o que está acontecendo.

— Você não entende, Libe. Com o *aita* em casa, isso só pode piorar.

Libe demorou para responder.

— Isma, só estou te pedindo um pouco de tempo. Agora não posso ir, precisam de mim aqui. Quanto ao que você me diz, sinto muito, mas agora temos de ser capazes de distinguir o urgente do importante. Eu passo o dia tentando fazer isso, em cada decisão, e, muitas vezes, são vidas que estão em jogo. Agora o importante são os nossos pais... Mas também a vida de muitas pessoas que dependem das minhas decisões. Vou tentar ir o quanto antes, prometo... Leve o pai para casa durante as tardes, por favor.

Você não respondeu, mas está com raiva, porque sente que isso não é responsabilidade sua. Sente que está fazendo um favor à sua irmã. Sob a epiderme, está marcado a fogo que Libe era quem fazia compras com a mãe, enquanto você era aquele que caçava com o pai. Libe era quem ajudava a mãe a preparar a comida, enquanto você jogava futebol no pátio. Libe foi quem ficou em casa, e você o que teve de acompanhar o pai quando o primo Aitor se perdeu no monte. Agora não é seu trabalho cuidar do pai.

E, ademais, de onde tiraram isso de que seu pai tem medo? Que bobagem é essa? Todos falam como se não conhecessem seu pai. Logo se vê que eles não o viram descer as encostas mais perigosas do monte. Descia como uma cabra. Sem necessidade de se agarrar às rochas nem aos arbustos. Chegava sempre primeiro. E ficava lá embaixo, com as mãos na cintura, olhando como todos os outros desciam com dificuldade, gritando: "Vamos, que é para hoje".

10
As mentiras, quanto mais curtas, melhor

De cima se vê sempre tudo muito melhor. Os sons que você escutou lá em cima de Olarizu — os grilos, os pássaros — e esse cheiro de vento sul o lembraram irremediavelmente das horas no monte com seu pai, com Aitor e com seu tio. O vento sul indicava que era possível que pombas passassem por ali. Para seu pai, para Aitor, para seu tio, para os que sabiam caçar, o vento sul era ouro. Observavam o céu, quietos entre as amoreiras selvagens ou no posto na árvore, sem mover um músculo, esperando a passagem das pombas. Você olhava para o céu e depois para os caçadores sem conseguir entender essa fome de caça. Aquele silêncio se parecia com o silêncio de casa. Dos jantares de sopa quente e conversas frias na cozinha de azulejos brancos. Seu pai ficava como uma estátua olhando para o céu, com Txo, o cachorro, ao lado. Olhavam-se de vez em quando. O homem para o cachorro, o cachorro para o homem. E ali você se sentia deslocado. Quem acompanhava você era Mendi, o outro cachorro que vocês tinham na horta e para o qual seu pai nem sequer olhava. Às vezes ele dizia: "Temos que ver o que fazemos com esse aqui. É um gasto desnecessário". E Mendi o olhava atento, com sua mancha marrom no olho esquerdo, percebendo que, pelo menos uma vez, seu dono falava dele. Quando seu pai via você algumas vezes fazendo carinho em Mendi, ele dizia: "Não acaricie, que se tornam tontos... Deixe disso". Você era o único que fazia questão de Mendi, e ele, fiel, sempre o seguia.

— Mas por que atirou! Não sabe esperar? Olhe, você assustou as pombas!

Seu pai gritou mais de uma vez com você por se adiantar e disparar muito rápido, quando as aves ainda não estavam rodeando vocês. Virava uma fera. Mas você tentava desesperadamente ser o primeiro a matar uma pomba, queria ao menos acertar alguma antes do primo Aitor. Estava cansado de ser sempre ele a ter algo a ensinar quando desciam à vila, estava cansado de escutar seu pai falando da habilidade do primo com a espingarda, sua *fome de caça*; cansado de Aitor lhe perguntando, zombeteiro: "O que foi, primo, hoje também não teve sorte?". Nem sequer o chamava pelo nome.

Muitas vezes você desejou que não soprasse o vento sul e que as pombas passassem bem alto no céu. Não tinha vontade de participar daquela competição. Mas, inevitavelmente, chegavam os dias de vento sul, o que fazia as pombas voarem mais baixo. E, então, o que para os outros era valioso como ouro, para você era algo tão frio e duro como o metal da espingarda. Pensava que a ida para Vitoria o separaria daquele mundo, mas, durante os primeiros meses, você continuou voltando a Eibar nos fins de semana para caçar. Até que aconteceu aquilo com Aitor. A partir de então, acabou-se a caça, acabou-se o monte. Mas começaram os pesadelos.

Você se lembra de seu pai, de pé em frente ao telefone da casa em Vitoria, apertando o fone. Ele o apertava como se fosse o pescoço de uma galinha. Estava a ponto de esganá-la.

— Aitor se perdeu no monte — disse assim que desligou, e vocês quatro se reuniram na cozinha.

Contou que Aitor devia ter saído do monte ao meio-dia e que, ao anoitecer, ainda não havia chegado. Ninguém sabia aonde ele tinha ido, naquele tempo já quase não saía para caçar. Quando você escutou o nome de Aitor, por um momento se lembrou de sua voz e dessa forma irônica que tinha de chamá-lo de *primo*, que fazia com que você se sentisse diminuído ao lado dele. No monte, sobretudo no monte, onde não tinha concorrentes. Lembrou-se dele escalando uma parede e pensou ter ouvido o farfalhar das chaves do chaveiro que ele sempre carregava pendurado no bolso com uma corrente. Só quando chegava a certa altura guardava as chaves e a corrente no bolso, para que não fizessem barulho nem espantassem as codornas, ou para não romper o sagrado silêncio da passagem das pombas. Lembrou-se também de ele lhe pedindo: "Pode levar esse pacote a Vitoria?", num daqueles fins de semana em que voltou com seu pai a Eibar para caçar. E você, pegando o pacote com as mãos trêmulas, sem se atrever a perguntar o que continha. Você odiou aquilo.

— Pela manhã, sairemos à sua procura, marcamos às cinco na praça Unzaga — disse seu pai, olhando para você.

— Vou com vocês — propôs Libe, mas seu pai respondeu que não, que só iriam os homens, e no final ela teve de ficar em casa com a mãe de vocês.

— Você olhou direito ali embaixo? — seu pai perguntou, enquanto examinava a área que ficaram de rastrear no monte Kalamua. Seu pai lhe mostrou umas pequenas grutas que se encontravam a poucos metros descendo um barranco.

Você se lembra dos dedos do seu pai, com os nós arroxeados, e seu olhar desesperado. Só voltaria a ver esse olhar muitos anos mais tarde, quando começassem as greves na fábrica de Vitoria.

— Se Txo estivesse aqui, encontraria Aitor na hora — ele disse, lembrando-se do cão de caça, que acabara de vender antes da mudança para Vitoria. — Olhou direito ali embaixo?

Você respondeu que sim. E, em seguida, seus olhares se cruzaram, e nesse cruzamento apareceu algo no ar, em suspensão, dançando como restos de papel queimado em um incêndio. Ainda hoje, quando você olha para o seu pai, continua vendo umas partículas estranhas no ar.

Você respondeu que sim, que já tinha descido, e foi adiante.

Na época, você não sabia, mas aquela mentira o perseguiria durante muitos anos. A partir de então, começaram os pesadelos, os medos. Com certeza a bola na sua cabeça começou a ser gerada ali. A partir daquela mentira.

O caminho para as cavernas era muito perigoso. Além disso, estava caindo a neblina, cada vez se via menos, você não queria ser o próximo a se perder no bosque. Teve medo. Sim, teve medo e não desceu. Esticou a cabeça, mas não desceu pelo aterro. Não se atreveu.

— Olhou direito ali embaixo? — perguntou seu pai.

— Sim. Aqui não tem nada — você respondeu, antes de continuar o caminho.

As mentiras, quanto mais curtas, melhor.

Jasone

Dá para notar a sua mão

Foram quatro palavras que me fizeram voltar a escrever. É verdade que a necessidade de cobrir o eco deixado em casa por minhas filhas, além da angústia e da mistura de sentimentos que me acometeram quando pensei que a garota violentada por um grupo em Pamplona podia ser a minha filha, também ativou minha necessidade de expulsar, por meio de palavras, algo que necessitava ser extirpado do meu interior. Mas, lá no fundo, a razão fundamental, a que incendiou o pavio da minha escrita, foram algumas palavras de Jauregi.

Ele apareceu na biblioteca, como tantas outras vezes, para apresentar o livro de um novo escritor, uma promessa, segundo suas palavras.

— Só para ver essa mulher já vale a pena vir apresentar livros — ele disse ao jovem quando apareci no *hall*.

Eu sorri, mas um sorriso forçado. *Jauregi style*, teria dito Ismael se tivesse ouvido. Pensei, então, que ele não sabe como ocultar a timidez a não ser através de alguma piada, que todo esse atrevimento não passa de tinta de lula, que ele lança para que não possamos vê-lo vulnerável. Que fazer piada é uma maneira de ganhar poder sobre a pessoa que ele tem de enfrentar. De se colocar um degrau acima. Como em outras vezes que Jauregi me disse algo assim, tive sentimentos contraditórios. Me deu vontade de lhe dar uma bofetada, mas, ao mesmo tempo, tive vontade de colocar minha língua em sua boca. Sempre senti uma grande atração por ele, embora fosse incapaz de dizer o que exatamente me atraía, se era algo mais do que atração física ou se o que sempre me atraiu foi a forma como ele me olha, por me fazer sentir, com seu olhar, que sou capaz de outras coisas além de cuidar das minhas filhas e dobrar roupa. Acho que, mais do que dos olhos dele, sempre gostei do meu reflexo neles. Da sua maneira de me olhar. De me enxergar. Quem sabe me apaixonei de fato por meu reflexo nos olhos de Jauregi.

Depois ele perguntou se podíamos tomar um cafe, e, em seus olhos, de novo, depois de tantos anos, me pareceu ver o olhar daquele Jauregi com quem eu editava a revista e com quem tantas vezes fiquei até tarde num bar discutindo sobre o último livro que havíamos compartilhado ou sobre algum poema indecifrável. Aquele Jauregi que recitava de memória o primeiro parágrafo do capítulo sete de *O jogo da amarelinha*: "Toco a sua boca, com um dedo toco a borda da sua boca, vou desenhando-a como se saísse da minha mão" e que me fazia tremer quando o escutava. Me perguntei, muitas vezes, para quantas garotas ele havia recitado essas palavras. Jauregi sempre foi desejado pelas mulheres, provocava todas; era a maneira dele de adulá-las e, de alguma forma, de anular as defesas delas. Me lembrei, inclusive, do ridículo que foi quando lhe dei pela primeira vez um dos meus contos para que o lesse. Me aproximei dele, na cafeteria da universidade, deixei o conto sobre a mesa e fiquei tão nervosa, por medo de que ele fizesse alguma brincadeira à qual eu não soubesse responder, que fui embora correndo, sem dizer nada.

— Queria te dizer uma coisa — ele me abordou no dia em que veio à biblioteca.

— Se quer arrancar informações sobre o romance de Ismael, fale de uma vez — eu lhe disse.

— Quando você vai entender que o que menos me interessa em você é seu marido — ele me respondeu.

Nesse momento, desejei que o que ele acabava de dizer não fosse uma de suas brincadeiras, e sim algo que ele sentia de verdade. Mas sempre foi difícil saber o que Jauregi sente. Quando o assunto é pessoal, ele é inacessível. É como se guardasse os sentimentos em uma caixa-forte. Até suas amantes quase sempre foram secretas. Continuam sendo.

Logo em seguida, ele me propôs uma colaboração. Algo totalmente inesperado para mim.

— Gostaria que você me ajudasse na editora, com um ou outro texto, sem que a sobrecarregue muito. O trabalho que você faz com os textos de Ismael é espetacular... Dá para notar a sua mão, sabe?

Foram essas as palavras mágicas: dá para notar a sua mão.

A partir daí, senti reviver em mim alguém que morrera havia muito tempo aqui dentro. Fiquei calada. E, naquele silêncio, passaram por minha mente todos os anos transcorridos desde a última vez que Jauregi tinha me olhado daquele jeito, tinha falado comigo daquele jeito.

— Me disseram que você escreve — ele me contou na primeira vez que nos falamos. E, ao cabo de poucos dias, entreguei-lhe um conto e saí correndo, como uma colegial envergonhada.

Depois daquilo, passamos muitas horas juntos na universidade e fora dela corrigindo textos, falando de literatura, lendo um para o outro os contos que escrevíamos. Dos que gostaríamos de escrever, de nossos autores favoritos... Ele era mais Cortázar, eu, mais Cheever. Ele era mais Borges, eu, mais McCullers e Carver. Os dois gostavam de Ribeyro. Dá para notar a sua mão. Quem, senão ele, podia conhecer minha maneira de escrever? Talvez seja isso o que sempre mais me atraiu em Jauregi, o fato de ele reconhecer como ninguém minha maneira de escrever, de me reconhecer para além do meu corpo de mulher.

Me lembrei dele sem óculos quando, na época da universidade, além de coordenar a revista, também organizava concertos ou leituras de poesia, além de comícios políticos. Sempre tinha algo para fazer. Esses olhos apertados, que pareciam estar sempre apontando para algum lugar, maquinando algo. Esse olhar impenetrável, de quando brincava comigo enquanto me propunha que o acompanhasse nessa aventura de montar uma editora. Com Jauregi, nunca se sabia se ele estava falando sério ou brincando. Ele tinha me ouvido muitas vezes comentar com Libe sobre nosso desejo de montar uma editora juntas. Me lembro de tudo que aquele convite para criarmos juntos uma editora provocou em mim. Eu me vi trabalhando com Jauregi e me vi vivendo com ele, me tornando sua companheira, tudo no mesmo pacote. Foi impossível separar um desejo do outro. Nisso, sempre invejei Libe. Ela sempre soube separar o amor do restante da vida. Soube escapar dessa armadilha para a qual as mulheres são educadas, ensinando-nos a envernizar tudo com a paixão, a colocá-la em todas as caixinhas da vida até nos afogarmos nessa maldita inundação romântica. É a colher pegajosa de mel que nos tem prendido. Enquanto eles aprendem a colocar o amor em uma caixa e deixar o restante das caixas da vida independentes, livres do verniz pegajoso do amor. Também por isso são mais livres. Como acredito que Libe tem sido.

Com o convite inesperado de Jauregi para colaborar com ele, depois de tantos anos, senti que, mais uma vez, minhas caixinhas estavam sendo embaralhadas. E senti que voltava a aparecer essa outra eu que um dia havia sido junto a ele. "Estou aqui, você tinha se esquecido de mim?"

Sim, eu tinha me esquecido. Como não me esqueceria sepultada por todos esses anos em que tenho sido a mãe que cuida das filhas, a filha que cuida dos pais, a esposa que cuida do marido? Todos esses anos de cheiros domésticos, cheiro de banana e bolachas, de toalhas umedecidas, de mãe que faz biscoitos.

Dá para notar a sua mão.

Foram essas palavras que me despertaram do efeito da anestesia de décadas. E me lembrei dos anos em que escrevia e fazia cópias dos meus contos, mostrava-os a Jauregi e Libe e recebia suas opiniões entusiasmadas; e me lembrei de entregar uma cópia a Ismael, quando Libe se mudou para Berlim e começamos a sair juntos, os dois metidos na lata-velha dele, tarde de uma noite chuvosa, estacionados no alto de Armentia, e Ismael dizendo "Não está ruim", depois jogando os papéis na parte de trás do carro e me beijando, enfiando a mão por baixo da minha camiseta, por dentro da minha calça e enchendo o carro de vapor. Eu me lembrei de tudo aquilo, mas fui incapaz de me lembrar do momento exato em que deixei de escrever.

Libe me advertira desde o princípio, desde a primeira gravidez, de que eu não podia renunciar a tantas coisas. Tinha vontade de continuar a ler meus contos. Me pedia que os enviasse para Berlim. Tentei explicar que não era fácil continuar escrevendo. Primeiro eram as meninas, as meninas sempre acima de tudo. E, enquanto isso, Ismael ocupado, escrevendo. Na época, ele já havia pedido uma licença do jornal para poder escrever depois do inesperado sucesso de seu primeiro romance. "Não façam barulho, o *aita* está escrevendo, vamos ao parque para que ele possa escrever tranquilo." Para que possa escrever sua obra-prima. E depois, ao cabo de alguns anos, meus pais; primeiro minha mãe adoeceu, em seguida, meu pai, como se estivessem numa competição organizada pelo Serviço Basco de Saúde. E os dois precisavam da ajuda de sua única filha. De Asunción. Até sair da anestesia, meu cenário estava cheio de guias de consultas, de dentes postiços, de fixador para colar os dentes, de cadeiras de rodas, de banquetas para banho, de fraldas extragrandes, de cheiro de guardado, de cheiro de coisas velhas. A decadência dos meus pais coincidiu com os anos de adolescência das minhas filhas, com a preocupação das primeiras saídas à noite, da pedra de haxixe encontrada na calça da mais nova. Onde eu encontraria força, concentração, para escrever? Onde estava a minha mão, essa que Jauregi me lembrou de ter existido um dia? Estava enterrada. Transformada na mão rígida de um manequim.

Caí numa depressão também silenciosa, secreta. E, enquanto isso, Ismael, em seu escritório, escrevendo sua obra-prima, nem sequer se deu conta dos meus altos e baixos. E chegou um momento em que me perguntei: como ele conseguiu ficar tão indiferente? Como pode ser escritor sem olhar à sua volta, sem enxergar o que o rodeia?

Nem sequer se deu conta de que eu estava ressuscitando quando recomecei a escrever. Inclusive na cama tentei acender algo que havia anos estava apagado, mas minhas carícias passavam despercebidas. Eu levava a minha mão a seu umbigo, fazia um carinho e depois a retirava. Ele estava em outro mundo. A cabeça estava em outro lugar.

Nos últimos anos, subi e desci, caí e me levantei. O que me aconteceu nesse período foi um terremoto que certamente movimentou os azulejos da cozinha, e como não os movimentaria, e o piso da sala de jantar e o do nosso quarto, as paredes do corredor da nossa casa. Passou um vagão de metrô embaixo da nossa casa, um metrô de emoções contrapostas, de buracos e curvas fechadas, um metrô ruidoso, e Ismael não se deu conta de nada, não sentiu o mínimo tremor, fechado que estava em seu *bunker*. Nesse período, passei da hibernação, do entorpecimento das pílulas, à dor que retorna ao término da anestesia. E essa dor vem carregada de palavras de chumbo, das que pesam e ficam no fundo. Das que se veem quando a maré baixa.

E chegou o momento de maré baixa.

Dá para notar a sua mão.

Com essas palavras, a maré baixou muitos metros. As pontas das rochas começaram a se mostrar. Jauregi não podia imaginar o que essas palavras provocariam dentro de mim. Por um momento, parecia que eu estava com aquele garoto que me olhava de outra maneira, para além do meu corpo e da minha pele.

Assim, quando ele me veio com a proposta de colaboração, pedi um tempo. Me deu medo responder que sim, ainda que quisesse, ainda que as palavras dele tenham acendido uma centelha em mim. Pedi um tempo para pensar. Ele me olhou sem dizer nada, como que intuindo que meu maior obstáculo para aceitar não era o tempo, mas Ismael. Como Ismael reagiria à ideia de que eu voltasse a colaborar com Jauregi, como na época da universidade? Como receberia a ideia de que sua mulher revisaria textos de outros autores além dos seus?

Nas escadas, eu lhe dei dois beijos e voltei a sentir vontade de lhe dar uma bofetada e, ao mesmo tempo, enfiar a língua em sua boca. Antes que partisse, falei que preferia que ainda não comentasse nada com Ismael sobre a proposta, até que eu pudesse pensar melhor. Na hora, senti que os olhos de Jauregi se acendiam. Compartilhávamos, de novo, algum segredo, algo íntimo. Outra vez. Como compartilhamos durante anos em segredo sua oferta para criar uma editora juntos. Naquele olhar, eu estava me reconhecendo como a Jasone que escrevia. Esta Jasone parecia estar me pedindo que eu voltasse a fazê-lo. Que voltasse a escrever. Estava me dizendo sem dizer. Estava me pedindo.

Por toda a tarde, não consegui tirar da cabeça aquela frase de Jauregi: dá para notar a sua mão. E, ao chegar em casa, depois de jantar com Ismael, eu lhe disse que precisava terminar algumas coisas de trabalho e fiquei até altas horas da madrugada escrevendo. Foi minha maneira de sair da anestesia. Voltar a escrever. Escrever como um ato de desenterrar coisas, imagens ocultas pelo tempo e pela normalidade cega.

E assim, depois de muitas noites, acabei escrevendo algo que hesitei até agora em chamar de romance. E sentia necessidade de ligar para Jauregi para dizer que sim, que estava, afinal, preparada para ajudá-lo, mas os dias se passavam, e eu não chegava a ligar porque, no fundo, mais do que trabalhar com ele, eu queria era entregar meu romance para ele ler. Imaginava minha obra em suas mãos, imaginava seus dedos largos acariciando as páginas e sentia arrepios. Não entendia o que exatamente me deixava com tanta vontade de que Jauregi lesse meu romance. Quem sabe eu não fosse tão diferente de Ismael e também estivesse buscando o pódio, os aplausos. Ou, quem sabe, fosse uma necessidade de seduzi-lo. Uma necessidade de que enfie a mão no meu biquíni enquanto eu, de mãos atadas, digo não, não, quando quero dizer sim, sim.

Senti que Jauregi esperava que eu escrevesse algo, que me fizera a oferta de colaborar com ele justamente para que eu voltasse a escrever. E então soube que chegaria o dia em que eu apareceria diante dele com a obra nas mãos. Me sentia uma traidora cada vez que pensava nisso. Nem se eu tivesse um amante teria me sentido tão culpada.

Entretanto, só me atrevi a compartilhar meu romance com Libe. Eu o enviei para ela em Berlim. Sabia que se alegraria muito ao saber que eu tinha voltado a escrever.

Libe

12
Essa velha guerra

Você se sentou no avião com o romance de Jasone sobre os joelhos. Você o segura como se fosse o bebê que nunca teve. Sua mãe faria um comentário parecido. As que não são mães sempre buscam algum gesto maternal, algum lampejo que esconda que, no fundo, vocês tiveram vontade de ter sido. Já sabe, essa velha guerra.

    Sua mãe tem grande facilidade para se fixar no que lhe falta, mais do que no que você tem. Como se fosse o famoso copo vazio. Apesar disso, a distância dos últimos anos as uniu. É muito mais fácil confessar algumas coisas para a sua mãe por telefone, sem estar cara a cara com ela. Quando estão uma diante da outra, ela não acerta as palavras, nem com você, nem com ninguém, talvez por isso passe o dia dividindo a comida que faz em vasilhas. Enfia suas palavras ali, pedaços de seu coração em *pilpil* ou *salsa vizcaína*[*].

    Logo estarão frente a frente, embora ela ainda não saiba de nada. Ninguém sabe que você adiantou a viagem, que chega nessa mesma tarde ao aeroporto de Loiu. Simplesmente vai chegar ali e telefonar. Cheguei. Foi difícil para você explicar com antecedência o que está fazendo porque

---

[*] *Pilpil* e *salsa vizcaína* são dois molhos tradicionais da culinária basca, em geral usados no preparo de bacalhau. O primeiro é feito com azeite, ervas e pimenta; o segundo inclui pimentão. [N. E.]

A CASA DO PAI | 75

ainda não contou sequer a si mesma. Apesar de saber que a culpa do que está fazendo tem a ver com aquela velha lei. Uma velha lei que você acreditava superada, da qual acreditava ter se desprendido. Uma lei que diz que são as filhas que devem cuidar dos pais; uma lei que ressoa em todas as partes como um eco numa caverna.

"É uma história pequena, não pense que é uma dessas grandes histórias...", disse Jasone na carta que acompanhava o romance. E você se pergunta o que são realmente as grandes histórias. Os acampamentos lhe vieram à cabeça. Faz anos que você não dorme numa barraca, agora seu trabalho é a burocracia da solidariedade: criar grupos de trabalho, propor estratégias, coordenar políticas, gerir reuniões, preparar discursos, dirigir campanhas...

Nos últimos anos, você tem escutado as grandes histórias dos acampamentos vindas do outro lado do telefone ou da tela do computador. E você sabe que não está no lugar onde nascem as grandes histórias. Porque essas só são produzidas no nível do solo e só podem ser escritas sujando as botas de barro.

Faz tempo que você deixou de sujar as botas de barro, desde que foi promovida ao posto que ocupa na ONG, desde que passa o dia enfiada no escritório. Antes, suas mãos tocavam as mãos frias das pessoas sem-teto. Agora você está longe. E essa foi uma pequena morte para você.

Você olha para o romance de Jasone, que a surpreendeu tanto, e pensa que a sua grande amiga está mais perto do que nunca de mostrar sua verdade, como nunca fez antes. De se libertar de todos os medos e de olhar a verdade de frente. E que você, entretanto, seguiu o caminho oposto e tem se afastado da sua. Você regrediu em tudo que, por anos, ensinou a Jasone. É como se a discípula tivesse superado a professora e estivesse lhe mostrando todas as suas contradições. Agora, quando parece que Jasone finalmente se livrou daquele papel de servir e cuidar dos outros, quando se livrou da culpa por se dedicar a si mesma, quando conseguiu tirar de dentro de si sua verdadeira voz, agora você, a professora feminista, a ídola dos diretos humanos, a amiga revolucionária, está dando um importante passo para trás. Agora a culpa está obrigando-a a voltar para casa antes do tempo, para a casa de seus pais.

Ou talvez não. Talvez não seja um passo atrás. Talvez seu lugar agora seja ali, ao lado da mãe e do pai, nessas pequenas histórias que se formam ao seu redor. Talvez agora sua história tenha de acontecer ali, talvez agora seja esse o lugar de sua grande história.

Mas você não tem nada claro, está confusa, seus princípios estão duelando em um ringue, numa competição de luta livre, contra uma mulher de cabelo longo e ruivo, e de olhos maquiados com rímel. Mulheres contra mulheres, mulheres lutando entre si, como se espera delas, como lhes ensinaram que deve ser. Até em sonhos.

A comissária de bordo pediu para você afivelar o cinto de segurança. Você achou que tivesse afivelado. Acontece muito ultimamente. Você leva um cinto de segurança imaginário o tempo todo. Às vezes não é necessário usá-lo, basta imaginar que o está usando, imaginar como isso vai puxá-la para baixo, para que então você nem tente se levantar. A imaginação é poderosa. Você acaba pensando que está de cinto e nem tenta fazer nada. Os cintos imaginários funcionam muito bem.

Você pensa nas pequenas mortes que vão acontecendo em sua vida e que vai aceitando. Hoje em dia, a morte aparece de uma maneira muito mais sutil do que antes, disfarçada, como os carros das funerárias atuais. Já não têm nada a ver com aqueles carros grandes e pretos. Antes a morte a encarava de frente e você podia vê-la chegar com nome e sobrenome. Hoje, no entanto, ela aparece em um furgão cinza, que pode ser o de qualquer revendedor de itens comprados na internet, e entra em sua vida sem que você se dê conta, para desativá-la por dentro sigilosamente, para gerar essas pequenas mortes das quais você está mais consciente do que nunca, sobretudo depois de ler o romance duro e sincero de Jasone. Porque a verdade é sempre incômoda, como as molas de uma poltrona que se soltam e cravam na bunda de quem está sentado nelas.

Por muito tempo, você foi a mola que sai do sofá de casa. Primeiro com a militância política. Você vai acabar nos colocando em apuros, sua mãe lhe dizia. E depois com a homossexualidade. Uma homossexualidade tardia, que, por muito tempo, nem sequer você mesma aceitou e que ainda não é aceita completamente por sua família.

Jasone disse na carta que você sempre foi mais valente do que ela, e você sabe que não é verdade. A partir do avião, do alto, se vê tudo muito melhor, as curvas e os desenhos dos caminhos. Os que têm formado sua vida. Em casa, você sempre foi do contra, a mola incômoda, mas, ainda assim, o que conseguiu mudar? Nos últimos anos, você fez alguma coisa além de escapar? Há quase vinte anos, você precisou fugir. Quis fugir. Por um lado, reconhecer a homossexualidade a empurrou, mas, por outro, foi o ambiente político que se tornou irrespirável. O conflito. Isso bagunçou tudo, inclusive, em grande medida, sua capacidade de mostrar abertamente sua homossexualidade. O povo precisava de heróis, não de *tortilleras*[*].

Como ficou distante o sonho de montar uma editora com Jasone. Você realmente acreditava que podia mudar o mundo publicando livros. E, naquele tempo, você tentou mudar o mundo, realmente acreditava em poder fazê-lo, por isso ingressou numa ONG, e isso foi, vendo aqui de cima, o mais transgressor que já chegou a fazer. Mas aí também, aos poucos, o furgão cinza da funerária foi aparecendo e matando seu ímpeto. Nesses anos trabalhando em organizações internacionais diferentes, cada vez em posições de maior responsabilidade. E hoje, quando você se senta em seu escritório, com a calefação no máximo, sente que se encontra com o epicentro do sistema que tantas vezes maldisse. Não é

---
[*] Forma pejorativa de se referir a lésbicas. [N. E.]

o que sonhou. É o colar falso de Maupassant. É o *postal punk* da banda La Polla Records[*].

Jasone, no entanto, fez sua revolução pouco a pouco, sem máscaras nem disfarces. Hoje é uma nova mulher. Basta ver o traço profundo que cada palavra da carta deixou no papel. Parece que foi escrita em braile.

Você tem medo. Nos próximos dias, dormirá em seu quarto da juventude. Sem o calor de Kristin. Ela quis acompanhá-la, mas você negou. Faz tempo que ela quer vir conhecer seu país, mas você nunca lhe deu uma oportunidade. Tem medo de que ela goste e queira ficar. Estará, então, sozinha com você mesma numa cama de solteiro. E não tem certeza se conhece essa mulher que se enfiará de novo nessa cama. Não sabe se é a mesma ou uma versão adoçada, rebaixada. Você sente que é a viagem mais arriscada que já fez até agora. Mais do que as que fez a Uganda, Etiópia ou Equador. Uma viagem ao passado, a sua casa. A suas contradições.

Quando o avião decolou, você fechou os olhos. Sempre se sente nervosa nesse primeiro arranque. Ainda que o corpo avance, sente que a cabeça fica para trás.

Depois de ouvir, por fim, o aviso sonoro que indica a permissão para soltar o cinto de segurança, você olhou pela janela e viu que voa por cima das nuvens. Olha de novo para dentro e vê que suas mãos agarram com força o romance que Jasone escreveu. E, nesse momento, você sente que há algo ali que não pertence apenas a ela. Ali dentro, há alguém que também está falando com você. Alguém que olha fixamente em seus olhos e a desnuda.

---

[*] No Brasil, há uma expressão semelhante (punk de butique), que se refere a alguém que é punk apenas na aparência, mas que não tem atitude ou atuação politizada. *"Postal punk"* faz menção a um trecho da canção "Muy punk", do grupo de rock radical basco La Polla Records, na qual se critica justamente essa falta de autenticidade entre frequentadores do movimento. [N. E.]

Ismael

13
Não fui eu

Seu pai, sozinho, parece outra pessoa. Nunca pensou que ele poderia ter medo de estar sozinho em casa. Nunca pensou que ele poderia ter medo. Tampouco que, para ele, fosse tão importante ter a esposa ao lado. Sem ela, de repente, parece um menino medroso que tenta esconder o medo com voz de homem, a mesma que você aprendeu com ele.

Faz duas semanas que você passa as tardes na casa dele, tentando escrever no cômodo em que fora seu quarto, usando um *notebook*. Mas esse quarto pesa muito em você. Você se lembra de si mesmo ali, com quinze, dezesseis anos, fechado para não sentir o cheiro dos Ducados de seu pai, aquela fumaça que vinha da sala, para não o ouvir perguntar num sábado à tarde: "Por que você não sai, não tem amigos em Vitoria?". Realmente não tinha, e seu pai o fazia sentir que era sua culpa, como se fosse fácil chegar a uma nova cidade com quinze anos e fazer amigos. Por muitos sábados, você o acompanhava para lavar o carro, um Seat 131 Supermirafiori, que ele cuidava como se fosse uma peça de museu. Quando era pequeno, ainda em Eibar, ele cobria o banco traseiro com uma manta para que não manchasse; e quase nunca levava o carro para as caças, quase sempre ia no Talbot Horizon vermelho do seu tio, embora nas ocasiões em que levava o Supermirafiori também cobrisse com plástico o porta-malas, onde deixava, com cuidado, as botas cheias de barro, a espingarda, as perdizes ou as pombas que havia caçado. Nesse mesmo porta-malas, vocês puseram seus pertences para ir a Vitoria e deixaram em Eibar muitas outras coisas que não podem ser levadas num porta-malas, como os amigos de infância, os cheiros e os sons da praça e das ruas nas quais andou desde menino. Você se lembra de guardar suas coisas nos armários desse mesmo quarto, sentindo que também entrava num lugar escuro e sem vida. Não consegue escrever nesse quarto, o mesmo em que começou a escrever os primeiros contos. Por isso, hoje decidiu que levará seu pai para sua casa à tarde. Vai deixá-lo assistindo à televisão enquanto você escreve no escritório, como Libe sugeriu.

Você foi buscá-lo e, antes de entrar na sala de jantar para cumprimentá-lo, ficou olhando um pouco para ele da porta. Você o vê nervoso, deslocado. E ver seu pai assim o fez lembrar-se daquela época das greves na fábrica; também naquela época, alguma rachadura se abriu nele. Você se lembra do dia em que perguntou a Libe o que estava acontecendo. Disseram que seu pai era um fura-greve. Foram meses de muita tensão e muitos silêncios em casa. Você se lembra do silêncio da mãe. Na verdade, acaba de se dar conta do silêncio da mãe. Vê-la no hospital, com aquela camisola azul, com a bochecha ainda machucada, o afetou mais do que pensa. Vê-la assim lhe pareceu que ela perdeu algum superpoder. Não se levanta, não reconhece coisas, não limpa, não pendura a roupa, não esfrega o piso da cozinha em zigue-zague. Só fica ali. E parece murcha. Você não a reconhece. Ela não se parece com aquela mulher que lia o jornal em voz alta para os demais.

Ela se parece, de repente, com a mulher que você viu uma vez, só uma vez, chorando. Uma tarde, ainda em Eibar, ao voltar da escola, você encontrou sua mãe chorando sentada na cama de casal. Junto a ela, sobre a cama, estava aberta a lata de biscoitos que ela usava para guardar os botões. Foi a primeira vez que a viu chorar. E foi também a última. Sua mãe enxugou as lágrimas, levantou-se e perguntou-lhe o que queria que preparasse para o jantar. Você se lembra de que não se atreveu a perguntar por que ela chorava. Não sabe por que se lembrou dessa cena, que acreditava estar esquecida. Não é coincidência.

Depois de vê-la assim no hospital, sua mãe, de repente, lhe pareceu uma desconhecida. Sua mãe também, como Libe e Jasone. Como você vai conseguir escrever assim sobre uma mulher se não conhece nem as que lhe são mais próximas. É como se vocês tivessem sido condenados a viver em quartos isolados. Quartos com portas fechadas. Falta abrir uma porta. Ainda que você não saiba em que direção deve se mover para encontrá-la. Você avança a torto e a direito.

Lembrando-se da sua mãe no hospital, você tenta decifrar o que sente. Deveria lastimar por ela. Mas encontra outros sentimentos quando olha para dentro. E não gosta do que vê. Está irritado, está enraivecido. Está irritado com sua mãe porque ela caiu, porque pode ter algo no cérebro, porque está doente, porque não pode continuar sendo mãe. Porque a ausência dela está fazendo com que você veja a casa e seu pai de outra forma. Porque cuidar do pai pelas tardes roubou seu tempo para escrever e o desconcentrou ainda mais. E ainda que você tenha tentado, está sendo impossível se pôr na pele daquela mulher dos seus pesadelos. Está irritado com sua mãe por tudo isso. E se envergonha de seus sentimentos.

Você a viu debilitada, e essa imagem lhe deu a imagem de um mundo novo que não existia na sua cabeça até agora. Sempre pensou que seu pai seria o primeiro a morrer, que sua mãe ficaria viva e viveria sozinha durante alguns anos. Não apenas porque seu pai é mais velho do que ela, mas porque seu pai não poderia viver sozinho. E agora, ao ver sua mãe no hospital, por um momento você pensou no que aconteceria se ela morresse antes. Poderia ser uma catástrofe.

Não apenas para seu pai. Também para você. Não apenas porque teria de se ocupar dele, mas porque você não consegue imaginar esse novo panorama em que ninguém vai lhe dar a bênção ao viajar para um congresso fora do país ou ao publicar um livro novo, em que ninguém vai guardar numa pasta os recortes de jornal em que o entrevistam ou falam do seu último livro. Em que ninguém vai levar vasilhas de comida em sua casa. Diante de seus olhos, aparece um novo mundo em que ninguém vai viver olhando para você, debruçado sobre você. Cuidando de você.

E se dá conta de que, diante de sua mãe, você continua sendo um menino. Cai a máscara de intelectual ou de escritor profissional. Está nu. Diante da mãe, aparecem todas as fragilidades, os medos, os mesmos que nunca lhe ensinaram a aceitar, nem a reconhecer, nem a demonstrar. Aparece também seu egoísmo. Esse que faz com que você se irrite com ela. Aparece — quem sabe — sua verdadeira voz, a que tanto está lhe custando encontrar quando escreve nos últimos anos, a desse menino que se oculta sob o homem. A de um menino que tem medo, como seu pai. Quem sabe vocês não sejam assim tão diferentes.

— Não deixe o *aita* sozinho — lembra-se de sua mãe pedindo.

E você já não se surpreende mais com o fato de seu pai sentir medo, algo que vai interiorizando pouco a pouco nas tardes que passa com ele, mas, sim, com essa preocupação constante de sua mãe com seu pai, essa necessidade de saber que ele está bem, que não está sozinho.

Sua mãe, da cama do hospital, faz uma série de pedidos todas as manhãs, coisas que você precisa fazer em casa, as comidas que deve preparar para seu pai e como, para que comunique tudo a Nancy, mas você é incapaz de reter tudo, então ontem decidiu gravar vídeos com o celular, para não perder nenhum detalhe de suas instruções e poder repassá-las a Nancy sem erros nem mal-entendidos.

Hoje você chegou à casa do pai com a gravação preparada no telefone. Depois de observá-lo por uns segundos da porta da sala de jantar, você se atreveu a se aproximar, a perguntar como estava. Ele respondeu com outra pergunta: "O que faz aqui a esta hora? Você não devia estar trabalhando?".

Você sentiu, uma vez mais, a obrigação de justificar o trabalho para seu pai. De justificar sua existência, na verdade. Porque, para seu pai, seu trabalho não é um trabalho. Para seu pai, trabalhar significa sujar as mãos e depois fumar um cigarro com seus companheiros, nas pausas, secando o suor do rosto com a manga da jaqueta. Não entende muito bem o que o filho faz, mas parece um trabalho de secretária. Quando você lhe mostrou, orgulhoso, seu primeiro livro publicado, ele disse: "Mas se isso está em *euskera*...". Para seu pai, você não será um escritor de verdade até que publiquem seu livro em castelhano. É importante para você mostrar seu próximo romance traduzido.

Você procurou Nancy na cozinha. Ali pediu que ela se sentasse com você para assistir ao vídeo gravado no hospital. E, quando o aparelho reproduziu a imagem e a voz de sua mãe, em poucos segundos, seu pai apareceu na cozinha. Ao escutar a voz da esposa, ele saltou do sofá. Nunca havia imaginado seu pai tão atento às palavras de sua mãe. Antes, ele nunca tinha se levantado do sofá para atendê-la na cozinha.

Quando seu pai viu a imagem da esposa falando no vídeo, ficou paralisado, como se também estivesse surpreendido por vê-la assim, vestida como doente, com esse golpe no rosto. Ele levou a mão à testa, como se sentisse febre, e voltou ao sofá. Quando você foi atrás dele, para levá-lo à sua casa e passar a tarde, pareceu que ele respirava mais forte do que o normal.

— Você está bem, *aita*?

Seu pai se levantou em silêncio, com o olhar fixo no espelho da sala de jantar. Ele não tira os olhos do próprio reflexo. Você olhou também, como se fosse encontrar ali alguma paisagem desconhecida, e, olhando vocês dois no espelho, seu pai disse algo que você ainda não conseguiu digerir:

— Não fui eu.

— Não foi você o quê?

— Eu não machuquei ela.

— *Aita*, por favor, não pense que ela está assim por sua causa. Claro que não, você não fez nada, ela caiu. Foi um acidente.

— Não fui eu — repetiu seu pai como um autômato.

A imagem dele e a sua, juntas, dentro da moldura dourada do espelho.

Então você teve uma visão terrível. Você imaginou seu pai batendo em sua mãe, atirando-a no chão, como o homem atira ao chão a mulher em seu pesadelo, e não quer pensar nisso, mas é a imagem que lhe vem à mente, maldita seja! Ela o está enlouquecendo. Não pode permitir isso. É por causa de toda essa merda que sua mulher enfia na sua cabeça... Essa mania de transformar todos os homens em culpados. Não há nenhuma razão para você pensar que seu pai maltratou sua mãe. É apenas sua cabeça, que já não funciona, que está contaminada. E, no entanto, a imagem é tão real...

Olhando no espelho, você teve outra visão: além de ver a si mesmo e seu pai, você teve a impressão de ter visto o reflexo de outros homens atrás. Todos têm a cara do seu pai. Poderiam ser o avô, o bisavô, o tataravô. É como se estivesse vendo pinturas rupestres. E escuta ao fundo *"I-ña-xio gu-re pa-troi han-di-xa"*, as notas da canção, como se ela viesse da frequência AM do rádio. E, por cima da música, todos repetem: "Não fui eu. Não fui eu".

De repente, naquele espelho, você vê sua culpa e seu medo a um só tempo. O mesmo medo que sente quando aparece uma garota violentada no monte, a mesma culpa que o leva a imaginar seu pai maltratando sua mãe. Tudo está nesse espelho. Tudo está relacionado. Tudo vem do mesmo lugar. Da mesma caverna.

Você diz a seu pai que não se sinta culpado, mas, no fundo, está dizendo isso a si mesmo. Você diz que não há razão para que ele se sinta culpado de nada. Talvez seja essa maldita bola que você tem no cérebro que o leva a pensar essas coisas, o que está realmente o impedindo de escrever. Talvez isso o esteja deixando louco.

Você levou seu pai para casa, mas passou a tarde mais nervoso do que nunca. E ficou ainda mais difícil se concentrar para escrever, como se por baixo da porta do escritório entrassem as ondas de inquietude e nervosismo que seu pai lança da sala.

— Não fui eu...

Você não parou quieto a tarde toda. Cada vez que ouvia um ruído, saía do escritório. Você o encontrou abrindo gavetas, armários, sentado em qualquer lugar...

— Não, *aita*, aqui não, que a mesa é de vidro.

— *Aita*, não, é a Thermomix, não mexa, cuidado...

— *Aita*, essa porta, não, é a varanda.

Seu pai anda se mexendo constantemente como se quisesse distribuir algo que carrega dentro de si a todos os cantos da casa, como quando fumava e deixava as bitucas em qualquer lugar. Ou como quando chegava em casa depois de beber vinho com os amigos no *txikiteo* e esvaziava os bolsos por onde passava. Enfim, você conseguiu que ele se sentasse no sofá, em frente à televisão, e voltou para o escritório. Mas não há maneira de se concentrar. Assim não há quem escreva.

Passaram-se alguns minutos, e você se levantou para ir ao banheiro e, como nos dias anteriores, encontrou o vaso repleto de respingos. Você passou um papel para limpar, jogou-o dentro do vaso, deu a descarga e ficou olhando a água levar o papel.

Aí vai seu romance. Aí vai sua carreira.

14
As moedas

Pelo modo como ele abria a porta, você sabia como voltava do *txikiteo*. Se antes de colocar a chave na fechadura ele batesse na porta com a ponta do pé, você e Libe sabiam que vinha embriagado e que era melhor ficarem no quarto. Deixava a jaqueta na entrada, enfiava as mãos nos bolsos e ia esvaziando sobre o cinzeiro de cristal ou sobre a mesa da sala de jantar, para evitar uma chuva de moedas sobre o piso de madeira ao tirar as calças. Você e Libe esperavam que ele chegasse à cozinha, saíam de seus quartos e pegavam algumas moedas. Ele nunca descobriu, ou assim lhes pareceu. "Me faça uns ovos fritos." Quando os *txikiteos* se espalhavam no sangue, seu pai sempre pedia ovos fritos. Com casquinha. Você se lembra de uma mancha alaranjada, da gema, no canto dos lábios dele, quando ele aparecia na sala de jantar para lhe dar boa-noite.

15
Uma porta de acrílico

Você leva duas semanas escrevendo, do jeito que dá, sobre essa mulher. Avança, mas inseguro. Ter o pai em casa o desconcentra, mas há algo mais. Você está obcecado com o fato de pensar em seu pai como um agressor e se sente culpado por isso. E não se esquece do que Jasone lhe disse sobre sua impossibilidade de sentir a dor dela como se fosse sua. E se lembrou do texto que encontrara na mochila de Jasone. Na verdade, não conseguiu tirá-lo da cabeça desde que o encontrara. A voz dessa mulher. Quem sabe essa voz possa ajudá-lo a encontrar a voz da mulher sobre quem você escreve, quem sabe lhe dê a chave que falta, quem sabe seja como escutar uma canção para logo depois seguir cantarolando por conta própria. Você poderia tentar levar essa música para o seu texto. Então você saiu do escritório, entrou no quarto de casal e foi procurar nas gavetas de Jasone. Ela deve ter guardado em algum lugar. Você precisa encontrar. E, quando viu uma pasta transparente no fundo da gaveta, escondida sob calcinhas e meias, você se sentiu como um caçador de sorte. Com olfato. Um bom cão de caça. Você segurou a presa entre as mãos, sentou-se na cama e começou a reler:

"O som de uma porta de correr. Só de descrevê-lo, o terror já toma conta de mim. Basta imaginá-lo para que meu coração comece a bater com força, para que eu faça xixi nas calças."

À medida que segue lendo, seu coração começa a bater com mais força. Nessas palavras, está descrita precisamente sua obsessão atual. Está descrito o estupro de uma mulher. Em primeira pessoa. E, em cada palavra, você sente a respiração dela no ouvido. O terror sai diretamente da garganta dela. Você o escuta como se estivesse ali, como também escuta o som da porta de correr de um furgão, e se arrepia imaginando uma língua entrando com violência na orelha dessa mulher, uma saliva amargamente doce em sua boca, imaginando como a penetram com violência em todos os buracos, até que atinja algo mais profundo do que o corpo... Imaginando os músculos abertos à força, os olhos fechados com mais força ainda, sem resistir, por medo de que a machuquem mais, suplicando em silêncio "Vamos, vamos, terminem logo". Você escuta sua humilhação como se fosse um som. Fareja como se fosse um odor.

E, de repente, você ouviu um latido.

E deixou o texto de lado bruscamente.

Não consegue continuar lendo. Você sentiu uma dor conhecida. Algo se movimentou sob seus pés. E se dá conta de que é uma dor própria que, pela primeira vez, você viu refletida nessa mulher. Diferentemente da mulher sobre quem estava tentando escrever até então, essa mulher que, quando relê o que escreveu, parece um ser etéreo, brando, sem margens, como a água ou o ar.

Não acontece o mesmo com esse texto. Há uma dor dessa mulher que, de alguma forma, você sente como se fosse sua. E, ao mesmo tempo, à medida que adentra nessa dor, sente-se culpado. É uma sensação contraditória, que não lhe permite se pôr em nenhum lugar concreto, vai de um lado para o outro, como uma bandeira ao vento.

Ler o texto de Jasone, perceber como o tocou, ajudou a ver que há uma porta de acrílico entre você e essa mulher sobre quem tenta escrever. De fato, há uma porta transparente, só que muito sólida, entre vocês. Você não sentiu ainda a dor dela como sentiu lendo o texto de Jasone. E se lembrou da porta do quarto de Libe, que um dia se fechou e não voltou a abrir. Seria possível abri-la de novo? A essa altura? A porta do quarto da sua irmã. Houve uma época em que vocês compartilhavam muitas coisas, mas algo os separou, e agora se dá conta de que, no fundo, desde que essa porta se fechou, você não sabe bem quem é. E pressente que precisa descobrir uma forma de voltar a entrar no quarto de sua irmã para conseguir entrar na mente da mulher sobre quem tenta escrever. Necessita da mesma chave para abrir ambas as portas. É a porta atrás da qual você talvez também descubra em quem Jasone se transformou nos últimos anos, sobretudo depois que as meninas saíram de casa. Quem é essa Jasone que já não lhe conta tudo como antes. Essa Jasone, autora de algumas palavras terríveis que fizeram você tremer.

    É aterrorizador pensar que essa dor saiu da mente dela. Faz séculos que ela não escreve, parou, você nunca soube bem por quê. A princípio, teve dúvidas sobre a autoria, mas agora, depois de avançar na leitura, reconheceu a voz de Jasone, aquela maneira de escrever da qual já não se lembrava. É uma Jasone familiar, mas, ao mesmo tempo, estranha. Familiar na forma, mas surpreendente no conteúdo. Você não pode deixar de se perguntar por que ela escreveu sobre um estupro e como é possível que o descreva como se tivesse acontecido de fato. Talvez o medo que sentira por Eider naquela noite em Pamplona a tenha afetado tanto quanto o afetou, bem como a história dessa garota que apareceu no monte... Seja como for, você sentiu medo e não sabe muito bem do quê. E isso o desconcerta. Desconcerta-o, sobretudo, pensar que a voz da mulher que fala nessa narração é a que você está buscando cada vez que se senta para escrever. É ela. Você enfim a encontrou. O problema é que não a encontrou em sua cabeça, mas, sim, na gaveta de calcinhas de sua esposa.

    Você tem o texto nas mãos, mas existe algo que o impede de continuar lendo. Existe algo nessas palavras escritas em primeira pessoa que o desarma, que o devolve a seus piores pesadelos, que faz com que sinta de novo essa mistura de medo e culpa que o destrói. O coração bate como se acabasse de chegar em casa, vindo correndo desde Olarizu. E, de repente, volta a escutar um latido ao longe, um latido que ecoa em todo o seu corpo. Mas logo se dá conta de que não é um latido, é seu pai quem está chamando na sala de jantar.

Você guardou a pasta apressadamente. Saiu no corredor com um olhar perdido, ainda chocado com as imagens terríveis que sabe que vão assombrá-lo.

Seu pai o chama de novo. Como o medo do seu pai o desconcerta. Cada vez que escuta a voz firme, porém assustada, sente que algo range. Como se, no chão que pisa, rachaduras estivessem se abrindo.

— Você está aí? — ele grita.

— Sim, calma, *aita*, estou aqui — você responde, com a voz trêmula, engolindo saliva.

16
Não serve para caçar

— Não serve para caçar — você escutou seu pai dizer, nervoso.

Ele falava com seu tio enquanto descia do monte, depois de uma jornada em que havia lhe dado uma bronca por espantar as pombas. Uma manhã ruim para caça, em que ele queria estrear a nova espingarda e não pôde. Uma dessas manhãs em que seu pai deixava as botas no chão da cozinha quando chegava em casa ao meio-dia. Um desses dias em que sua mãe recolhia tudo sem dizer nada e passava as horas sem falar, sem fazer muito barulho.

Você estava atrás, a poucos metros, e escutou. E sentiu um cartucho explodindo no estômago. Ainda pode sentir as feridas arderem.

— Tem que sacrificar — ouviu em seguida, e só então se deu conta de que falavam de Mendi.

— Vamos sacrificar o cão.

Logo depois, seu pai se virou, soltou um assobio e um grito: "Mendi, *hona!*". Você não queria acreditar, mas, quando seu pai estava nervoso, qualquer coisa podia acontecer.

Mendi apareceu diante do seu pai e do seu tio, com aquela mancha marrom que cobria seu olho esquerdo. Atento, as orelhas levantadas, a língua de fora, esperando alguma ordem. Parecia surpreso por ser, enfim, o escolhido. Preparado. Então, seu pai pegou a espingarda. Uma espingarda nova, que estreava naquele mesmo dia. Não tivera sorte com as pombas, não pôde estreá-la como Deus manda. Mendi continuava olhando atento para ele, a cauda de um lado para o outro, disposto a obedecer às ordens, a provar que ele também servia para caçar. E, nesse momento, você correu até seu pai e agarrou a espingarda com as mãos.

— Não.

— Quer fazer você? — perguntou ele. — Toma, vamos ver se tem mais pontaria do que com as pombas.

— Não, *aita*, por favor — você suplicou.

— Não serve para caçar... Temos de sacrificar. Aitor! Você faria?

Só uma coisa podia ser pior que o fato de seu pai matar Mendi. Que pedisse a Aitor que fizesse e que ele aceitasse. Aitor pegou a espingarda do seu pai. A espingarda nova, quase sem estrear. Empunhou-a como quem segura um tesouro. Sempre gostou de armas. Ele a acariciou, a examinou por todos os lados e, depois de colocá-la sob o ombro, apontou.

— Na cabeça? — perguntou.

— Sim, na cabeça — respondeu seu pai.

Foi um disparo seco. Diferente. Um disparo sem eco. No lugar do eco, escutou-se um gemido, um lamento animal que durou dois segundos.

E se fez o silêncio.

Um silêncio gelado que os acompanhou até em casa e que acompanha você desde então, cada vez que se aproxima de seu pai. As folhas não farfalharam no caminho, eram seu estômago, seu coração, eram seus pulmões pisoteados. Você se lembra de observar Aitor, de trás, descendo do monte. Aquela maneira de descer decidido, satisfeito, junto a seu pai, aquele tilintar do chaveiro, sempre pendurado à calça dele... Você o odiou com todas as forças. Aitor falava com seu pai e com seu tio como se fosse um deles. Seu pai e seu tio o tratavam como se fosse um deles. Você os seguia pensando em Mendi, o único que tinha feito companhia a você até então.

Quando Aitor se perdeu no monte, já não tinham cachorro algum. Seu pai vendeu Txo por não poder mantê-lo.

— Se Txo estivesse aqui, ele logo encontraria Aitor — disse seu pai, enquanto o buscavam no monte. Seu pai sentia admiração pelo cachorro, o melhor cachorro que jamais tivera. Era hábil, valente, fiel. O amor que demonstrava por ele nunca demonstrou publicamente por ninguém. Nunca falou de ninguém como falava de Txo.

— Você olhou direito ali? — perguntou, indicando as cavernas.

Às vezes, quando seu pai olha para você, você sente que ele continua a perguntar a mesma coisa. Cada vez que olha para o seu pai, ou que seu pai olha para você, você ainda sente que ele está questionando se você olhou com atenção.

Você se lembra de um mapa aberto sobre a mesa de madeira do clube. Seu tio assinalava com um pincel atômico vermelho as áreas em que haviam buscado o filho dele.

— A área terá de ser ampliada...

— E por que ele foi ao monte sozinho? E tão tarde? — perguntou um dos homens.

Ninguém respondeu. Ninguém sabia por que ele fora ao monte. Você imaginou que alguém o havia desafiado, alguma aposta, quem sabe tenha ido esconder algo, algum pacote, como aquele que ele lhe dera. Aitor não tinha medo. Quantas vezes seu pai elogiara a coragem de seu primo. Você sempre achou que Aitor, muitas vezes, fazia loucuras apenas para demonstrar valentia, para não decepcionar. Você nunca entendeu por que, entre os homens, fazer loucuras é algo tão valorizado. Voce lembra que, quando ainda era criança, seu primo havia pulado do segundo andar do colégio e quebrado o braço. Quando voltou para a escola com o braço engessado, todos o receberam como herói. Todo mundo queria assinar o gesso. E, já na adolescência, você se lembra dele pichando *Gora ETA* pela vila e deixando vestígios de tinta nas mãos para que os outros soubessem que tinha sido ele. O garoto das mãos manchadas de tinta também era considerado herói.

Você se lembra de seu pai olhando o mapa aberto sobre a mesa. Com o olhar congelado. Quando vai buscá-lo em casa, muitas vezes você o encontra assim. Olhando para a televisão com o olhar congelado. Seu pai, em algum momento, talvez depois da época das greves na fábrica, escolheu o silêncio. E segue em silêncio, como se continuasse escondido entre as amoreiras selvagens com a espingarda nas mãos. E você sempre teve medo de romper o silêncio dele. Sempre sentiu que esse silêncio contém a essência da relação com ele.

A notícia chegou por telefone, de novo. Já tinham se passado dois dias de buscas. Chegou na última hora, quando seu pai e você tinham voltado para casa após passar o dia buscando por Aitor no monte. Eles o encontraram. Um grupo que decidiu revistar uma das áreas já inspecionadas. Ele estava na entrada de uma caverna, inconsciente, com uma perna quebrada. Levaram-no ao hospital em estado grave, mas com vida.

Seu pai apertava o telefone na orelha, como no dia em que anunciaram o desaparecimento de Aitor.

— E onde foi? Tem certeza?

Foi encontrado na entrada de uma caverna, graças ao fato de terem deparado com uma corrente com as chaves enganchada num arbusto, alguns metros antes, perto do aterro. Ele deve ter caído do aterro, quebrado a perna e, ao ver que anoitecia, se arrastado até a entrada da caverna, onde, por fim, perdeu a consciência. Foi internado em coma.

Quando seu pai desligou o telefone, olhou para você. E aquele olhar lhe pareceu familiar. Não lhe disse nada. Apenas que o tinham encontrado. Mas aquele olhar estava carregado de balas, de chumbo. Aquele olhar lhe dizia que haviam encontrado Aitor na área das cavernas onde supostamente você teria inspecionado dois dias antes.

Você teve a impressão, por um momento, de escutar o tilintar do chaveiro de Aitor ao fundo, como um macabro toque de sinos anunciando um funeral.

Aquele olhar era o mesmo de seu pai quando decidira sacrificar Mendi.

— Não serve para caçar — você se lembra de ele dizer a seu tio. — Temos de sacrificar.

17
Uma mulher desconhecida

— Estive hoje com seu editor — Jasone lançou assim, sem o encarar, de repente, como quem atira uma pedra e não quer ver onde cai, enquanto guardava na geladeira os iogurtes que havia comprado no supermercado.

Desde que soube que ela lhe esconde algo, aquele texto sobre o qual não comenta nada, você a olha com mais atenção. E começa a perceber gestos estranhos, como os de agora. Jasone falando sem olhar para você, quando, até agora, sempre buscou seu olhar, como que querendo confirmar se a ouvia, e sem pensar no trabalho que deixou no escritório.

— E o que seu amigo disse?

— Ele me perguntou sobre sua saúde, deve ter notado algo da última vez que falou com você ao telefone.

— Agora ele também é meu médico?

Cada vez que ela diz que esteve com Jauregi, você sente uma pontada no estômago. Certa vez, chegou a pensar que o ciúme que o incendeia quando sua mulher fala de Jauregi é o único sentimento ainda vivo na relação de vocês. Sempre que você fala com Jauregi, ele se despede com lembranças a Jasone. E você está farto disso. Quer ter com ele apenas uma relação de editor e escritor, uma relação profissional. Mas sua vida particular se esgueira pelas fissuras dessas conversas. Você vive num país pequeno demais.

— Ele me falou para você se cuidar... E cantou "Zaindu maite duzun hori", já sabe.

— Sim, já sei, *Jauregi style*... Ele foi à biblioteca? Não sabia que ele tinha uma apresentação para fazer.

— Não, fui ao escritório dele.

Você ficou sem saber o que dizer. Estranhou que Jasone tenha ido à editora... Desde que você começou a publicar com Jauregi, ela nunca quis ir até lá. Como se fosse um espaço proibido para ela. Jasone não lhe deu tempo de dizer nada. E, de repente, você reparou em sua esposa e ela pareceu mais bonita que nunca, mais pronta para ser amada. Como se tivesse saído de um período de hibernação e estivesse recuperando o brilho da juventude.

— Ele me fez uma proposta, já faz um tempo... Para ajudar com alguns textos. E eu aceitei.

Sua mulher, de repente, se torna uma estranha. Outra mulher. Não a Jasone que lê a seu lado na cama, não a que fala com suas filhas pelo telefone, não a que entra no banho enquanto você escova os dentes, a que se senta no vaso com a calcinha nos joelhos, a que diz que acabou o iogurte. De repente, outra Jasone surgiu diante de você, aquela com quem você falou pela primeira vez no dia seguinte ao da prisão de Libe e que lhe pareceu inalcançável.

Ela veio até a casa dos seus pais com o cabelo ensopado pela chuva.

— Sou Jasone, amiga de Libe, se puder ajudar em algo... — ela disse a seus pais, na sala de jantar, enquanto secava com a manga da jaqueta as gotas de água que escorriam pela ponta do nariz.

Ainda que seus gestos denunciassem certa timidez, você a achou uma garota corajosa. Era preciso ter coragem para aparecer assim na casa dos pais da amiga que tinha acabado de ser presa, sem nem mesmo conhecê-los, sem saber nada sobre suas ideias políticas, sua opinião a respeito do distintivo da Anistia que ela usava na lapela. Naquele momento, aquela garota pareceu inalcançável.

E, por um momento, ao escutar o que ela acabava de dizer sobre trabalhar ajudando Jauregi, de repente ela pareceu inalcançável outra vez. E você a viu longe, muito longe de você. Quem sabe esteja trabalhando há tempos com Jauregi, revisando textos de outros autores, e não teve coragem de revelar nada até então. Quem sabe trabalha com ele desde a época da universidade e você nunca soube disso. Quem sabe façam algo mais que trabalhar juntos.

— Você acha ruim? — ela perguntou.

— E por que você? Não tem mais gente que possa ajudar?

— Suponho que haja, mas ele quer que seja eu. De todo modo, fiz a ressalva de que, para mim, seus textos são prioridade.

— Falaram a meu respeito? Sério? — você disse aumentando a voz, sentindo algo queimar no estômago.

— Não fique assim, não é nenhum segredo. Jauregi já sabe que você me passa os textos antes de entregar a ele.

Foi fulminante. Imaginar Jauregi e Jasone falando sobre seus textos foi pior do que saber que sua esposa pode estar revisando manuscritos de outros escritores ou que vai voltar a ter com Jauregi a relação que estabeleceram na universidade. Ou que, inclusive, voltara a escrever sem lhe dizer nada. Embora não seja segredo que ela revise todos os seus textos antes de enviá-los a Jauregi, você nunca tinha falado explicitamente disso com ele. E agora os imagina juntos, pegando erros em seu material, enchendo a boca com as palavras que ambos gostam tanto, o subtexto, as elipses, a profundidade das personagens... Falando de você em sua ausência. Falando de sua incapacidade e de como podia dissimular que é um intruso no mundo deles, que sempre foi.

Quem sabe seja isso que tem dado energia à Jasone nos últimos tempos. Falar com Jauregi às escondidas, imaginar-se trabalhando com ele. Quem sabe por isso ela pareça haver renascido, por isso tenha cortado a franja outra vez, como na época da universidade, por isso passe tantas horas fora de casa. Tomando café com Jauregi? Quem sabe por isso tenha desistido de você na cama. Houve um despertar do corpo dela há cerca de um ano; ela voltou a tentar acender de novo a chama entre seus corpos, mas você só pôde oferecer uns movimentos acrobáticos, se tanto, não chegava a seu nível. Sua mulher não percebia que, naquele momento, você não era um homem, mas, sim, um escritor obcecado com um romance, um escritor paralisado por medo do fracasso. E, enfim, Jasone desistiu, já nem sequer tenta. Quem sabe agora busque isso fora de casa, com Jauregi. Quem sabe seja essa a razão desse brilho nos olhos dela que havia tanto tempo você não detectava.

— E por que você não me perguntou nada antes? — você disse, levantando a voz, nervoso. — Devia ter me perguntado antes.

— Está falando sério? Está me dizendo que tenho que pedir sua permissão?

Você não respondeu. E, pela forma como ela olhou para os seus olhos durante alguns segundos, esperando uma resposta, pressente que seu silêncio caiu sobre ela como um cobertor velho empoeirado. E, ao ver que não responde, ela se levantou da mesa, saiu da cozinha e entrou no banheiro batendo a porta. Não entende por que ela tem que ficar nervosa. Não disse nada para aborrecê-la. Não entende as mulheres. Como vai se colocar no lugar delas, ainda que seja na ficção? Você desconhece muitas coisas das mulheres. Todas escondem algo embaixo da manga que nunca mostram, uma dobra invisível aos olhos dos homens. Faz quase trinta anos que você vive com Jasone e, de repente, tem a sensação de que não sabe quem ela é.

Você ficou sozinho à mesa, fazendo bolinhas com as migalhas de pão espalhadas na toalha. Assim, tenta imaginar o tamanho da bola que sente ser cada vez maior em sua cabeça.

Jasone

O difícil equilíbrio do medo

A fúria, a raiva podem transformar muitas coisas. Podem nos fazer passar das palavras aos atos. Podem nos dar o último empurrão. Podem dissimular o medo, ocultá-lo por um tempo. É o que aconteceu depois que me enfureci com Ismael por conta da reação dele à notícia de que eu havia decidido colaborar com Jauregi. Uma reação egoísta; um ano antes, talvez eu não tivesse percebido a gravidade. E senti que a raiva causada por essa reação retirava uma capa de cima de mim, uma capa de medo que sempre havia me acompanhado.

Um medo que aumentou quando minhas filhas saíram de casa e fiquei sozinha. Quando elas se foram, toda a minha obsessão foi esconder o vazio físico que havia ficado em casa. Precisava reinventar seus quartos, não podiam permanecer como elas os tinham deixado. O urso de pelúcia na cama de Maialen, por exemplo, eu precisava que desaparecesse daquele cenário, porque parecia me perguntar continuamente por ela. Ou, quem sabe, era eu quem lhe perguntava: "Como ela está? Você também não faz ideia?". Talvez por isso tenha me apressado em mudar de casa. Precisava apagar aquele lugar em que fomos uma família, em que elas foram minhas filhas e que agora havia se convertido num local pós-bomba nuclear, com um silêncio sepulcral e um marido metido num *bunker* o dia inteiro.

Quando começamos a fazer a mudança, eu vivia perguntando a elas por telefone se poderia jogar fora isso ou aquilo.

— Não, *ama*, nem pense em jogar fora essa jaqueta — Eider me dizia, como se a roupa que usara em determinada época guardasse algo dela, guardasse sua essência, e, ao se desfazer dela, pudesse ela mesma desaparecer.

Minha história é governada pelo medo. A essência da minha filha mais nova, no entanto, a que talvez se esconda naquela jaqueta que eu quis jogar fora, não tem medo. Me faz lembrar de sua tia Libe. Ela também tinha uma jaqueta parecida, aquela que trouxera de Londres e que, de fato, guardava sua essência. Libe também era assim.

Minha filha disse que ia para a Turquia com uma amiga e, nesse momento, ao vê-la assim, tão livre, destemida, me alegrei, mas, ao mesmo tempo, precisei segurar a língua para não passar a ela o meu medo, aquele com que sempre vivi, com que sempre vivemos. Nunca soube muito bem como agir, porque sei que um pouco de medo pode protegê-la, mas também paralisá-la. Que difícil, o equilíbrio do medo.

Segurei a língua como muitas vezes tinha segurado quando elas saíam à noite. Mas nunca soube se fazia a coisa certa. Sempre tive muitas dúvidas. Talvez minhas dúvidas não tivessem sido as mesmas se, no lugar de duas filhas, tivesse tido dois filhos.

— Os meus ao menos são meninos — me disse certa vez uma mãe do colégio, quando chegaram à idade de começar a sair. Como se eu tivesse de sofrer uma dupla condenação por ter filhas. Fiquei com vontade de responder que morrem mais homens do que mulheres por overdose de drogas ou acidentes de carro, mas não quis desfazer sua ilusão.

Ainda assim, sei do que ela falava. Falava desse mesmo medo que Ismael e eu sentimos ao saber que Eider vai para a Turquia com uma amiga, as duas sozinhas. Essa necessidade que sentimos de protegê-la. Esse mesmo terror que sentimos naquela manhã de São Firmino. Esse medo dos homens, de que eles lhes façam algo.

Eu me lembro de Libe quando jovem, com essa jaqueta que usou por tantos anos. Aquela jaqueta que trouxera de Londres e que não tirava. Me lembro de nós duas numa foto em frente ao Gaztetxe, Libe com sua jaqueta de couro, eu com um tricô longo de lã. Ela está mostrando o dedo do meio e a língua ao mesmo tempo, olhando para a câmera. Estou olhando para ela. Como sempre fiz.

— Você gosta mesmo do meu irmão?

Eu me lembro da voz zombeteira, e das risadas, quando lhe respondi que seu irmão não era nada mau.

— Por que você ri? Não posso gostar dele?

— Não sei, ele é meio que de outro mundo... É sério que ele disse que escreve?

Quando Ismael se aproximou com a desculpa de nos mostrar seus contos, ainda que não fizesse parte do nosso mundo, me pareceu que aquele garoto não era nada mau, como Libe havia me dito, e me atraiu sobretudo saber que ele gostava de mim. Olhando para trás, percebo que o que mais me atraiu nele, além de saber que gostava de mim, era que ele não tinha nada a ver com o ambiente político que se estreitava cada vez mais a meu redor e no qual estavam envolvidos todos os meus amigos da universidade.

A prisão de Libe significou um antes e um depois nos meus medos. A partir de então, tudo que remetia à luta política passou a me aterrorizar. E, justo nesse momento, Jauregi me convidou para acompanhá-lo na criação de uma editora, mas até isso me pareceu perigoso. Gostaria de contar com você, ele me disse, mas o medo foi maior até mesmo do que a atração que eu sentia por ele. Não há nada mais potente do que o medo. É superior ao amor. Jauregi estava muito envolvido naquele ambiente político que havia provocado a fuga de Libe. Ele se encarregava de imprimir todos os panfletos de protesto, escrevia os comunicados da assembleia estudantil... Montar uma editora com Jauregi significava também entrar de cabeça naquele mundo perigoso.

Eu me vi sozinha sem Libe e senti que precisava escapar de qualquer forma daquele ambiente. Sem Libe, senti medo e vontade de dizer a todos que eu não tinha nada a ver com aquele mundo. Eu não tinha nada a ver, não tinha nenhum parentesco com os que me olhavam dos cartazes de prisioneiros pregados nas paredes dos bares e nas ruas. Meu medo me dizia que eu pertencia a outro time, que minha luta era outra. Desejei voltar a ser Asunción, a criança que fazia compras com a mãe na cooperativa do bairro operário; desejei recuperar as palavras *yayo*, *yaya*, *niña*. Minhas verdadeiras bandeiras eram os macacões pendurados na varanda de casa, o do meu pai e o do meu tio. Por um momento, desejei ter nascido em Toro, longe daquela guerra, ter vivido ali toda a minha vida. Podia demonstrar que não havia feito nada, que sempre tive as mãos bem atadas como a garota da espreguiçadeira do meu sonho.

O medo foi mais forte que tudo. Recusei o convite. Ainda que desejasse aceitá-lo. Ainda que desejasse Jauregi.

Ismael parecia um território de paz, alguém que não tinha nada a ver com aquela guerra, apesar de terem prendido sua irmã. Ele não carregava adesivos provocadores nem de protesto em sua pasta, mas, sim, fotos de Essie Hollis recortadas do jornal. Ele nunca se aproximou do ambiente político, muito por causa da ordem do pai, "Nunca se meta em confusão", a mesma ordem que o pai seguiu na fábrica quando decidiu não fazer greve, apesar de metade dos trabalhadores ter aderido. Não se meta em confusão, ele dizia sempre.

Ismael sempre teve medo de fazer parte desse mundo. E seu medo me deu segurança. Que Ismael não levasse adesivos que reivindicavam liberdade em sua pasta, isso me deu liberdade. E, assim, me afastei daquele ambiente, me afastei de Jauregi, recusei a oferta de criar a editora com ele, recusei-o, a possibilidade de estar juntos em algo, ainda que eu desejasse isso. E deixei que, uma noite, Ismael me levasse em casa na lata-velha que havia comprado, e ali, ao nos despedirmos, ele me tomou a mão. Recordo que nossas mãos se roçaram, reconhecendo-se durante um tempo na atmosfera cerrada daquele carro, como se tivessem vida própria. Eu me lembro disso com uma intensidade que ainda me surpreende. Os dois, calados, olhando o movimento das nossas mãos, os dedos como laços que se entrelaçam suavemente. Ismael não me provocava a insegurança que eu sentia diante de Jauregi. Eu não sentia obrigação de lhe demonstrar nada. Simplesmente bastava ser. Senti que aquilo tinha algo a ver com ser livre. Mas aquilo que chamei de liberdade durante muito tempo talvez tenha sido um limite seguro que meu medo construiu em torno daquele rapaz. A proteção e a segurança custam caro.

Isso ficou mais claro que nunca, ainda que bem tarde, depois daquela birra, daquela reação que ele teve porque não o consultara antes de tomar a decisão de colaborar com Jauregi. A raiva dele foi reveladora. Ficou patente que eu havia tomado as decisões dos últimos anos sempre dentro de um território demarcado, com limites. Sempre sob a aceitação dele. Recusei montar a editora com Jauregi quando isso era algo que eu realmente desejava fazer; depois deixei de escrever e me dediquei durante anos a criar um território propício para que Ismael escrevesse, incluindo as minhas contribuições aos textos dele. E todas essas limitações que fui impondo a mim mesma, sob a miragem de uma liberdade fictícia, explodiram, enfim, na violação, na descrição da minha violação imaginária, no grito que o romance que escrevi sugere e por meio do qual constatei haver guardado uma violação sob a pele durante muitos anos.

O fato de Ismael ter ficado nervoso comigo por aceitar o cargo de Jauregi me irritou tanto que a raiva transformou o medo em força. Então, no dia seguinte, apareci na editora com o romance em minhas mãos trêmulas, dispostíssima a entregá-lo a Jauregi. Senti, naquele momento, que queimaria numa fogueira todos os medos que havia sentido na vida, todos os complexos, todas as limitações. A raiva os transformou em ação. Entrei trêmula, mas decidida e consciente do que fazia.

A história sempre acaba se repetindo, ainda que os cenários e as épocas sejam diferentes. Cheguei à editora tão nervosa como naquele dia na cafeteria da universidade, quando decidi entregar um conto meu para que Jauregi lesse. Naquela ocasião, deixei o conto sobre a mesa e, sem saber o que dizer, saí correndo. Dessa vez, não seria muito diferente. E eu me pergunto o que provocou, em ambos os casos, essa insegurança, esse nervosismo. Mais do que a necessidade de que ele aprovasse o que eu havia escrito, para mim parecia uma catástrofe a hipótese de que ele não gostasse, que lhe parecesse de baixa qualidade, que não atingisse as expectativas. Jauregi se transformava assim num juiz que decidiria meu valor, e penso agora que o que acontecia comigo diante de Jauregi é justamente o que acontecia diante dos homens em geral, que tenho precisado da aprovação deles para sentir que meus feitos valem a pena, que tem sido necessário seduzi-los de alguma maneira (ainda que não sexualmente, mas seduzi-los, afinal) para me convencer de que meus feitos têm algum valor, algum sentido. A palavra deles, a palavra dos homens, sempre tinha sido para mim a última palavra, ainda que agora me custe reconhecê-lo. O *não está ruim* de Ismael com certeza também está relacionado com o fato de ter deixado de escrever durante tantos anos.

Por um momento, como se me observasse a distância, eu me vi dizendo a mim mesma que, durante toda a vida, o que fazia *não estava ruim*, porque não aceitava admitir que fazia algo muito bem; me vi passando a vida com medo de que fizessem uma pergunta que eu não soubesse responder; me vi me sentindo uma impostora, sempre acreditando que não sabia o suficiente para estar no lugar ou na posição que ocupava; me vi pedindo perdão por me destacar em algo, agradecendo a todo mundo, diminuindo minha importância. Pensei que talvez tivesse chegado o momento de confrontar tudo isso e me posicionar a sério com meu romance diante de Jauregi, assegurando-lhe que, na minha opinião, é um bom trabalho.

Pensei em mandá-lo pelo correio, mas, ao entregá-lo, precisava ver sua expressão. Então, cheguei à editora e entrei no escritório de Jauregi decidida, ainda que tremendo como uma colegial.

— Que alegria te ver — ele me disse, sem dúvida acrescentando alguma de suas gracinhas, mas meu nervosismo no momento impediu que a fixasse na memória.

— Tome, eu gostaria de saber o que você acha — disse a ele, e deixei o manuscrito sobre a mesa.

— Você não sabe a alegria que me dá. Que surpresa, Jasone. — E, ao me dizer aquilo, me observou com olhos que expressavam: você e eu sabíamos, sabíamos que chegaria este momento em que você, enfim, confessaria que continua escrevendo, e estou louco para ler o que você escreve, será como ler seu coração. — Já quero começar a ler.

— Não comente nada com Ismael, por favor — disse, e saí dali correndo, outra vez, como na faculdade.

Ouvi que Jauregi me chamava, mas não olhei para trás e desci as escadas.

Passei uns dias sem conseguir dormir, esperando sua resposta. Às vezes, pensava que ele me ligaria entusiasmado, mas, quanto mais demorava para ligar, mais pessimistas se tornavam minhas previsões, a ponto de me arrepender de ter lhe entregado o romance, de ter compartilhado com ele meu segredo, de ter me colocado diante dele tão desprotegida.

Libe

19
O que você está fazendo aqui?

Seu irmão ficou sem palavras, surpreso, quando você disse por telefone que tinha acabado de chegar. Você sabe que ele se alegra muito, sobretudo porque o fato de você estar aqui vai lhe aliviar a carga. Você ficou de vê-los no dia seguinte pela manhã na casa de seus pais e pediu o número do quarto de sua mãe, visitá-la é a primeira coisa que quer fazer.

Ao entrar no quarto do hospital, você ficou impressionada de vê-la assim. Fazia quase um ano que não a via, ainda que nesse tempo tenham conversado muitas vezes, mas ela pareceu ter envelhecido pelo menos dez anos. Quando você entrou, ela estava com a cabeça baixa comendo um purê e, ao vê-la, deixou a colher no prato, tirou a bandeja da frente e ficou olhando para você em silêncio. Ela sempre lhe dizia que o certo era aproximar a colher da boca, e não a boca da colher. Você não pronuncia nenhuma palavra.

— O que você está fazendo aqui?

É a única coisa que sai depois de alguns segundos, ela não chegou nem a entoar a pergunta; você sorriu e disse:

— Você já sabe.

Como se, com isso, ela entendesse do cinturão imaginário, das velhas leis, da luta no ringue que ficou rondando sua cabeça durante toda a viagem. Do seu sentimento de culpa por não estar cuidando dos pais.

— Continue comendo, vamos.

— Não tenho fome.

Alguns segundos de silêncio e você já se arrependeu. De repente, se arrependeu por ter deixado tudo para trás e ter vindo correndo. Para que você veio, se não sabe nem sequer o que dizer? E se sente culpada por se arrepender, e se sente culpada por tudo, como sempre aconteceu diante de sua mãe.

— Eles vêm recolher isso agora, né? — você pergunta, indicando a bandeja.

Você não acerta. Suas palavras parecem retiradas de um catálogo. Deveria abraçá-la, é o que fazem as filhas que não veem a mãe há um ano, sobretudo a mãe que sofreu um acidente e quebrou o quadril, mas você só consegue lhe dar um beijo, um beijo de cortesia, nem sequer pega a mão dela, como fazem nos filmes, nem encosta em seu rosto, nem procura entre seus pertences para ver se encontra um pente, porque ela precisa que alguém lhe arrume o cabelo. Tudo o que lhe ocorreu foi perguntar da bandeja diante dela.

— Eles vêm recolher isso agora, né?

Ela perguntou da viagem, não perguntou por Kristin, nunca pergunta sobre Kristin, sempre é você que lhe conta algo, e, quando faz isso, ela se interessa, quer saber quem é essa mulher com quem você compartilha a vida, mas não quer perguntar. Você sabe, e por isso lhe conta coisas sobre Kristin sem que ela pergunte, quer que sua mãe a imagine, que a conheça, que fique tranquila. Ainda que, a cada vez que Kristin lhe diga que gostaria de conhecê-la, você mova a cabeça de um lado para o outro: não, não, melhor não.

E, de repente, parece que a proximidade com que vocês falam pelo telefone quando está em Berlim desapareceu e que, estando uma de frente para a outra, voltam a ser aquela mãe e aquela filha de antes, aquela filha que batia portas, aquela mãe que passava o aspirador pela manhã no corredor, justamente na porta do seu quarto, sendo que você tinha chegado em casa quando já estava quase amanhecendo. Aquela que abria as persianas com energia, como se alguém estivesse usando uma motoserra. Tão distante está a sua mãe outra vez. Sob a pele se esconde o silêncio da casa de vocês, ela o carrega como se estivesse nas veias.

O silêncio da casa. Um silêncio longo, um silêncio tão fino que se infiltrou pelas fendas das portas, pelas janelas entreabertas, pelos ralos das pias, até inundar a casa como gás lacrimogênio. Um silêncio afiado, perigosamente doméstico. Os silêncios das famílias são como cimento, ou se retifica a tempo, ou vai endurecendo até se converter em algo sólido e imutável, o que antes podia ter sido retirado com facilidade. Por isso, agora você está tão rígida diante de sua mãe.

Você voltará para essa casa quando sair do hospital. Já se imagina chegando lá, em frente ao portão, chamando no interfone o sexto à direita, e você se vê como a menina que volta da colônia de férias com a mala de roupas sujas. Sua mãe colocava sabonetes Heno de Pravia em muitos dos armários, também no da entrada. Você sente o cheiro na memória. Lembra-se do corredor. Um espelho com moldura dourada, uma mesinha de mármore, uma toalhinha de tricô e, sobre ela, os bibelôs de porcelana dos quais sua mãe tirou a poeira por anos: o menino com a vara de pescar, a menina sentada a seu lado olhando para o céu e o cisne, que surpreendentemente continua mantendo o pescoço estirado ao longo dos anos. Ao lado, o cinzeiro de vidro no qual, em muitas tardes, seu pai deixava as moedas ao chegar do *txikiteo*.

Na sala de jantar, atrás da cristaleira do armário, há uma garrafa de JB e outra de Karpy. Sempre estiveram ali, com certeza continuam no mesmo lugar. Sua mãe só as pegava no Natal e logo devolvia ao armário, como se colocam os santos na rua durante a Semana Santa. Essas garrafas, lá do lugar em que se escondem, têm sido testemunhas de sua vida. Junto das garrafas, sua mãe guarda uma lata de biscoitos amanteigados. Mas dentro não há biscoitos. É a lata em que sempre guardou os botões. Não se lembra de algum dia ter comido aqueles biscoitos. Sua mãe fazia a barra das calças, costurava botões, zíperes... Ao vê-la agora assim, na cama do hospital, sem acertar qual palavra dizer, você pensou que um dia ela também decidiu costurar a boca. Você se lembra de sua mãe depositando nessa lata cem *pesetas* por mês, do salário do seu pai, para economizar e finalmente comprar aquele casaco que imitava *vison* e usar na missa aos domingos.

— Você esteve com o *aita*? — ela pergunta.
— Não.
— Pois então vá, vá. Não o deixe sozinho.

Não faça isso que o *aita* fica nervoso; não faça aquilo que o *aita* não gosta; não faça barulho que incomoda o *aita*. Sua mãe, sempre com receio de que o marido ficasse nervoso, não perdesse a paciência, não fumasse dez Ducados em frente à televisão depois de jantar, preocupado com os problemas na fábrica... Sempre tentando que a fera não explodisse. Vá, vá, não o deixe sozinho, ela lhe pede agora. E você comprova que, no fundo, o que ela diz não é algo tão novo. Mas até hoje, até ver sua mãe sem máscara, você não tinha se dado conta dessa tensão, desse medo. Do medo que sempre sentiu de que seu pai não gostasse de algo, de que lhe jogasse na cara que isso ou aquilo acontecia por sua culpa. Sua mudança para o exterior também, sem dúvida. Você imagina seu pai fazendo com que ela se sentisse culpada também por sua mudança. "Você sempre deixou ela fazer o que queria e, claro..."

Antes de ir a Berlim, sua mãe continuou insistindo, tentando fazer com que não se mudasse.

— Não vá embora.
— Tenho que ir, *ama*.
— Fique, nem que seja por mim — ela insistiu.

Palavras que, conhecendo-a bem, você sabe que muito lhe custaram dizer. Palavras que saíram de sua boca de forma esquemática. Mas você foi. E hoje volta com as costas carregadas de culpa. Vendo-a ali, na cama, desarmada, sem seu disfarce de mulher que pode com tudo, você sente que falhou a vida toda. Que ela pediu sua ajuda, que precisava que não a deixasse sozinha, mas você não a escutou. Havia muito barulho em sua cabeça para escutar qualquer coisa.

Você se lembra da cortiça na parede do quarto. Ainda estariam ali espetados com alfinetes sobre a cortiça, como estavam da última vez, os ingressos dos shows (Toy Dolls, Jingo de Lunch, B.A.P.!...), os adesivos (*Martxa eta borroka, Presoak kalera*)? Quanto barulho. Quanto barulho havia em sua cabeça. Como teria escutado a sua mãe assim? Como teria percebido que ela precisava de ajuda? Que não podia deixá-la sozinha naquela prisão do sexto apartamento à direita?

Ismael

O *aita* me dá medo

Libe abriu a porta para você com chinelos de ficar em casa, como se vivesse ali a vida toda. Como se nunca tivesse saído da casa dos seus pais. Ela lhe deu dois beijos, "Tudo bem, *brother*?", e um tapa nas costas, e vocês continuaram falando pelo corredor sem que se atrevessem a se olhar nos olhos por muito tempo, como se algum perigo pairasse ali. Seu pai ainda está no quarto, Nancy o está ajudando a se levantar. Hoje é dia de banho, e, desde que sua mãe não está em casa, ele só permite que você o ajude. Não quer que outra mulher que não seja a esposa o veja nu, nem sequer a filha. Ontem, você sentiu uma espécie de orgulho quando Libe disse que ele não queria que ela o ajudasse, que queria que você viesse. Sentiu algo que era desconhecido até o momento. É a primeira vez que você se sentiu escolhido por seu pai.

E essa manhã você veio ajudá-lo a tomar banho e dar um oi para Libe.

— Quer um café?

Vocês se sentaram ao redor da mesa da cozinha, como faziam quando eram pequenos e se sentavam para tomar café da manhã. Mas agora não está com vocês a mãe onipresente, esquentando o leite, torrando o pão. Agora é Libe quem serve o café, uma Libe estranhamente doméstica. Nos últimos anos, tinha essa aura de quem vem de fora e não vai ficar muito tempo, esse ar de visitante. Como essas malas das quais ninguém retira as etiquetas dos aeroportos. Hoje, vendo-a assim, servindo o café da cafeteira italiana, você a enxergou como uma dona de casa, como a anfitriã da casa dos seus pais.

— Como estão as coisas?

— Melhores, agora que você chegou.

— Espero que te libere um pouco e você possa ter mais tempo para escrever. Como vai isso?

— Mal.

— Sério? Queria poder te ajudar...

Você se surpreende com a própria sinceridade. Não se sente capaz de ser tão sincero com ninguém. Mas ali, sentado com Libe naquele cenário tão familiar, você, de repente, se sentiu o irmão caçula que pede ajuda à irmã mais velha porque não consegue abrir uma lata ou porque tem dificuldade com o dever de casa. Sua irmã mais velha. De repente, transformada numa segunda mãe.

Há uma espécie de libertação em confessar para sua irmã que está desesperado. Esse segredo, que tanto tem lhe corroído, sai em segundos em busca de ar, sai do estômago, de onde, com certeza, está gerando um câncer, e é um momento de alívio.

— Temos que ver o que fazer quando derem alta à *ama*.

— E o que você acha que devemos fazer?

— Não sei, mas, se voltar para casa, com o *aita*, não sei... Sinto que ela não vai descansar. Me dá medo deixá-la sozinha com ele.

Por um momento, você intuiu no olhar de sua irmã a mesma suspeita que o atormenta e que não quis aceitar de jeito nenhum. A ideia de que seu pai não tratou bem sua mãe e que a continuará maltratando, à sua maneira, até que ela morra. E não lhe pareceu justo esse julgamento sumaríssimo que fez do seu pai, não lhe pareceu justo colocar nele essa etiqueta. Seu pai é um homem bom. É um homem bom, não é? Ele passou a vida trabalhando para vocês. Ele amou vocês, à maneira dele, sem conseguir se expressar, mas sempre se preocupou com vocês e com sua mãe... Ele a tratou simplesmente como todos os pais tratam as mães por toda a vida. Nem melhor, nem pior que os outros.

— O *aita* me dá medo. Ainda mais agora, estando com a cabeça como está — confessou Libe.

— Não é justo, Libe. Não diga isso. Ele não é uma pessoa que maltrata.

— Eu não disse isso... Mas não tratar bem é uma forma de maltratar, Isma.

— Você está falando sério? O *aita* seria incapaz de encostar a mão nela.

— Concordo...

— E então?

A vontade de reparação de sua irmã o assusta.

Vocês não têm o direito de julgar a relação dos seus pais. Como medir algo do passado com os olhos do presente? Que direito vocês têm? Às vezes, você não suporta essas palavras que Jasone utiliza: a guerra, os maus-tratos, o patriarcado... Como se todo mal do mundo estivesse sendo maquinado pelos homens. O pai de vocês passou por algumas coisas muito difíceis, sobretudo na época das greves na fábrica. Fumava mais do que nunca diante da televisão. Certamente, mais de uma vez perdeu os eixos e não tratou sua mãe com respeito. Mas... é o seu pai. É o homem que aparece na foto da sala casando-se com sua mãe, apaixonado.

— São muitas coisas que vão se acumulando com os anos — respondeu Libe. — Coisas pequenas, mas que, no fundo, são graves. Como a história do casaco. Você lembra? Você nem se deu conta, era muito pequeno. Acho que foi um dos únicos momentos em que a *ama* não pôde disfarçar a dor diante da gente. Fazia quase dois anos que ela guardava cem *pesetas* por mês na lata dos botões para comprar um casaco. Do salário de cada mês do *aita*, pedia a ele cem *pesetas* para guardar... Ela havia escolhido o modelo, já havia falado com a loja... Um dia, quando já havia juntado quase todo o dinheiro, o *aita* abriu a lata, tirou o dinheiro e comprou uma espingarda nova.

Enquanto a ouve, você é invadido pela imagem de sua mãe chorando sentada na cama de casal. Da maneira como saltou da cama quando viu você aparecer ali.

— A *ama* não se queixou — continua sua irmã. — Um dia, perguntei sobre o dinheiro e o casaco, e ela me disse que ele é quem tinha ganhado o dinheiro, então estava no seu direito. Ela disse isso com palavras que saíam de sua boca, mas seus olhos não diziam o mesmo. Sabe? Aquele olhar foi insuportável para mim. Acho que, naquele dia, comecei a pensar que tinha que ir embora de casa. Não suportava ser cúmplice daquilo.

Sua irmã continuou falando de sua mãe, e seu sentimento de culpa ficou cada vez mais claro. Ela disse que a mãe se sentia muito solitária longe de casa, de suas amizades, isolada, vulnerável. Que em Eibar ao menos tinha a irmã, as amigas... Mas em Vitoria... Você lembrou que ela tentou se inscrever num clube de costura, para fazer amigas, mas que seu pai a proibiu.

— Ele disse que a *ama* já sabia costurar, e muito bem, e que não precisava se inscrever em nada.

Libe explicou depois, com aquele tom professoral cansativo usado quando fala dos direitos das mulheres, que isolar as mulheres é uma maneira de debilitá-las, proibindo-as de sair com as amigas ou lhes ensinando que a relação com outras precisa ser sempre conflituosa. Ela disse que são formas de deixar as mulheres solitárias, indefesas.

Você não consegue tirar da cabeça a imagem de sua mãe, sentada na cama de casal, chorando, com a lata de botões aberta ao lado, e, de repente, uma imagem terrível invade sua imaginação. Parece ver seu pai apoiando a parte traseira da nova espingarda na altura do ombro e apontando para sua mãe. *Pow pow*. Vê sua mãe desabando no chão, sangrando, as malditas balas se expandindo pelo corpo dela como espermatozoides malignos. E você vê a si mesmo observando a cena sem fazer nada. De novo, como no pesadelo que tanto o atormenta.

Você vê o sangue espalhado pelo piso do quarto.

Você vê sua mãe esfregando o piso, em zigue-zague, limpando as manchas de sangue, como se quisesse ocultar os rastros do próprio assassinato.

Você balança a cabeça para que essa imagem terrível se apague.

E então apareceu seu pai com Nancy. Você se levantou e acompanhou seu pai ao chuveiro sem conseguir tirar as imagens terríveis da cabeça. Enquanto o ajuda a se despir — apoiado em você, ele tira primeiro uma perna da roupa de baixo, depois a outra —, você pensa em como é possível que veja, ao mesmo tempo, o ogro e o menino medroso em que ele se transformou. Quando o vê tremendo antes de entrar no chuveiro, com medo de cair; quando o vê assim, tão frágil, flácido, rendido, pensa que, no fundo, não é o homem de ferro que sempre pareceu ser, mas um ser humano que sente medo. Um menino disfarçado de homem.

A imagem do pai, nu, no banho, é dolorosa para você. É doloroso que seu pai veja você vendo-o assim. Sente que está diante de um edifício enorme que desaba. O que seu pai havia sido para você lhe escapa. As paredes de sua casa desmoronam. Esses braços sem músculos. É difícil acreditar que são os mesmos que o levantavam no colo para levar aos ombros quando iam a Deba, na praia. Essa forma característica de rir. Essa forma de rir, que era metade riso, metade tosse. Essas pernas não podem ser as mesmas que subiam o monte como uma cabra. Seu pai, com medo de cair ao tirar o pé do chuveiro; seu pai, com medo de ficar sozinho em casa. Seu pai, pedindo ajuda, como um menino.

— Não deixe o pai sozinho, ele tem medo.

Do que ele tem medo?

No monte, ele assobiava como os pastores para reunir os cachorros.

Subia os montes como as cabras.

E, ao se lembrar dele no monte, desaparece, de repente, essa imagem vulnerável do pai e aparece o homem que rouba as notas de cem *pesetas* da lata da esposa; que deixa as botas de caça no chão da cozinha, sujando-a de barro; que se senta na frente da televisão, com um Ducados entre os dedos, jogando na cara da esposa que ela nunca havia aprendido a cozinhar como Deus manda, que a mãe dele, sim, esta sabia... "Esses ovos fritos não valem nem para..." E você fecha os olhos com força para não ver todas essas imagens que lhe desagradam.

Você passou a esponja pelas costas dele, muito suave, sem se atrever a esfregar, como se as pintas na pele de seu pai fossem como minas que pudessem explodir a qualquer momento. Há algo ortopédico no movimento de sua mão cada vez que o ajuda a tomar banho. Não se atreve a passar a esponja nas dobras nem entre as pernas. Passa todo o tempo de um lado para o outro das costas, em zigue-zague, como sua mãe esfregava a cozinha. Mas o que você limpa não é a cerâmica, e sim pele. Pele sensível que viveu muito tempo sob uma armadura.

— Toma, *aita*. — Você lhe deu a esponja para que ele mesmo a passe entre as pernas, como tem feito até agora.

Você entende perfeitamente que atinge um limite a partir do qual a caverna é muito escura, muito desconhecida, familiarmente desconhecida. Por instantes, você parece escutar a voz de sua mãe, onipresente:

— Jogue água quente nas costas dele, para aliviar a dor.

E, enquanto isso, você fala. Nunca falou tanto com seu pai como nessas sessões no chuveiro. O silêncio nessa situação o aterroriza. Você diz algo sobre a temperatura da água, sobre a cadeira de banho, se está bem colocada... Não quer que seu pai ouça como lhe custa engolir a saliva. Não quer que ouça como sua garganta fecha ao ver essa pele rugosa, esse pênis murcho, enrugado.

Você é um explorador descobrindo um mundo novo.

Depois do banho, seu pai pediu que lhe corte as unhas dos pés. E, nesse momento, você se deu conta de que nunca cortou as unhas de ninguém a não ser as suas, nem sequer as das suas filhas. Era Jasone quem sempre se encarregava disso. Tentando cortar as unhas dos pés do seu pai, você se deu conta de que é realmente difícil cortar unhas que não sejam as suas. Não pode cortá-las olhando de frente, mas de lado. Você teve medo de lhe cortar a pele. Tem essa mesma sensação com a mulher sobre a qual quer escrever, a de não saber calcular se está cortando muito ou pouco. Essa sensação de estar deslocado enquanto escreve sobre ela, de não estar no lugar que precisa estar para ver de frente o mesmo que essa pessoa vê.

Você não sentiu que cortava com segurança até que apoiou a perna do seu pai sobre as suas, como se fosse uma terceira perna. E pensou que talvez essa fosse a chave. Você não conseguirá escrever sobre sua protagonista se não se sentar na mesma posição em que ela está sentada. Até que não se sinta olhando o mesmo que ela vê; até que não sinta as unhas dela como se fossem suas, não as cortará bem.

Ver o que ela vê.

No lugar de olhar para ela, como tem feito até agora, precisa olhar para o que ela vê. É isso. E o que vê? Ela vê o homem que a agride. Talvez seja hora de olhar para esse homem. De ver o rosto dele. Ainda que desconfie de que vá reconhecê-lo. Ainda que saiba que esse homem, maldito seja, vai ter a cara do seu pai.

21
Por Arconada

Você se lembra do seu pai na sala, assistindo a uma partida da seleção espanhola. Libe chegou com uma camiseta preta em que se lia "Resista". Libe se atrevia a perguntar aos pais coisas que ninguém mais em casa se atrevia:

— Você não quer que a Espanha ganhe, né?

Seu pai não sentia obrigação de dar explicações para ninguém em casa, com exceção dela.

A relação de Libe com seu pai. Uma competição constante.

— Porque lá estão os nossos... Por Arconada, principalmente... — responde-lhe.

Você cruza com a sua irmã saindo da sala e a ouve sussurrar: "Espanha de merda".

22
Não foi apenas o lábio que entortou

Desde que você viu o rosto do seu pai no pesadelo, a lembrança de Aitor voltou com mais intensidade do que nunca. Existe algo que faz você relacionar o pior do seu pai com ele. Você se lembrou dele com o lábio torto, depois do acidente. A sequela física mais visível quando ele saiu do hospital, depois de um mês sem reconhecer ninguém. O lábio ficou assimétrico, entortando para a esquerda, o que lhe provocava alguma dificuldade para falar.

— E a cabeça? Ficou tudo bem? — Você ouviu sua mãe perguntar a seu pai enquanto servia o jantar.

— Ele não vai começar o curso... Acho que o lábio não foi a única coisa que entortou.

Quando você soube que Aitor havia saído do hospital, sentiu um alívio imenso por estar morando em Vitoria. Não teria suportado estar em Eibar, temendo encontrá-lo em qualquer rua, em qualquer momento; ainda tinha dúvidas se ele chegara a vê-lo naquele primeiro dia de busca, em que ele ainda podia estar consciente. Não o havia visto desde que ele lhe dera aquele pacote para levar a Vitoria. Você temia que, ao reencontrá-lo, ele o acusasse de ser um covarde. Você também agradecia por ter se afastado de Eibar, por causa do ambiente político cada vez mais carregado. Pelo medo de que, a qualquer momento, alguém lhe pedisse que fizesse alguma coisa contra sua vontade. "Todos temos que dar algo para que alguns poucos não tenham que dar tudo." Essa era a máxima que perseguiu os jovens da época. Era difícil dizer não sem se sentir um traidor.

    Assim, você passou mais de um ano sem ver seu primo. Mas o reencontro chegaria. E chegou. Um ano depois, você foi convidado para um jantar durante as festas da vila e, ainda que tivesse dúvidas, no final acabou indo. Passou toda a noite temendo que, em algum momento, em algum bar, Aitor aparecesse e lhe dissesse: "E aí, primo? Posso saber onde você tem se escondido?". E, quando já começava a relaxar, já sob umas doses depois do jantar, no fim da noite, você o viu. Escutou um grito vindo de dentro do bar. Você se aproximou e viu Aitor, gritando, com o lábio torto, bêbado:

    — *Gora ETA Militarra!*

    Ele estava sozinho. As pessoas olhavam para ele. Alguns lhe davam as costas. Outros o encorajavam e respondiam: "*Gora!*". Mas aquele jovem estava perdido, estava destruído, como diria sua mãe. Foi doloroso ver seu primo assim. Você o olhou por um tempo e foi embora antes que ele o visse.

    Você viu sua culpa, de novo, naquele lábio torto, naquela forma descontrolada de gritar. Se tivesse tido coragem de descer por aquele aterro, teriam resgatado Aitor vinte e quatro horas antes, e as sequelas não teriam sido tão graves. Quando viu seu primo assim, com a cabeça perdida como os loucos, transformado em outra pessoa, você desejou a morte dele. Desejou que ele tivesse morrido no monte. E, nesse momento, reconheceu para si mesmo que esse sentimento não era novo. Que, quando estavam buscando Aitor, também não queria que ele aparecesse. Você desejou que ele sumisse para sempre. Você reconheceu, pela primeira vez, que não foi apenas o medo que o impediu de descer pelo aterro.

Venha, se tiver colhões

O cursor pisca, desafiante, na tela do computador. É como um homem que o desafia à luta, toda intermitência é uma mão que lhe diz: "Venha, ande, venha, se tiver coragem. Venha, se tiver colhões".

Você tem o texto de Jasone entre as mãos. Há uma dor nesse texto que você reconhece. Há um sentimento de desprezo e humilhação que aparece como a forma rugosa do solo quando se escreve em um papel apoiado no asfalto. O solo sobre o qual escrevemos sempre aparece. O solo que pisamos e que foi construído com tudo o que nos aconteceu durante a vida. O solo da nossa casa.

A dor que o texto destila o aproximou de uma dor que você reconhece em si mesmo e em sua família, que o está levando a descobrir algum lugar de sua origem. Não é uma dor desconhecida. É uma dor impregnada no silêncio de sua casa, nos jantares de sopa quente e conversas frias na cozinha do sexto à direita. Uma dor que tem a mesma origem. Vem da mesma caverna. Você não sabe muito bem onde está essa caverna, mas sabe que nela habitam seu pai e seu primo Aitor, também as sequelas que ficaram depois da morte repentina e violenta dele.

Você sente que nesse texto de Jasone se esconde uma chave. Uma viagem a uma dor doméstica. Lê-lo fez com que você olhasse para outro lado. Ou talvez para o mesmo, mas a partir de outro lugar. Como se tivesse dormido por uma noite na mesma casa, mas no quarto de outro integrante da família. Sair no mesmo corredor de sempre, mas de outro quarto. De repente, tudo muda.

    A dor contida na história que você leu o empurra até o sexto apartamento à direita em que morou a vida toda. As palavras dessa mulher o levaram diretamente para lá, como por uma estrada, para aquela dor onipresente de sua mãe, também a sua dor. Como se tivessem alguma relação. Você não entende por quê. Essa violação constante que o texto de Jasone descreve, essa dor, você começa a acreditar que é o assoalho do apartamento que pisou durante a infância. Que não é novo, que não é alheio. Depois do que Libe contou sobre a lata dos botões, a espingarda nova, o curso de costura ao qual sua mãe nunca chegou a ir, você não pode evitar relacionar a dor dessa mulher com a dor de sua mãe. Cada palavra escrita, você imagina na boca da própria mãe, a mesma boca que, um dia, ela deve ter costurado com linha e agulha que guardava naquela lata. Você a vê sentada sobre a cama de casal.

    E ali, irremediavelmente, você vê a si mesmo. O garoto da casa. O garoto que seu pai queria que não fosse mais um garoto. O garoto olhando para a mãe, esperando que ela prepare o jantar. O garoto que não pergunta por que a mãe está chorando. Que sabe que não deve perguntar nada. O garoto que logo aprenderá a dizer "são coisas de mulher".

    E ali há algo relacionado com a mistura de culpa e medo que você sente quando sonha com essa mulher, a que você observa, mas não ajuda. Você se lembra de Vidarte. Um escritor não deve escrever sobre o que sabe, mas sobre o que quer descobrir.

    E, sem pensar, você escreveu três palavras no computador. Sem pensar que está escrevendo. Três palavras que o machucam e o revolvem. Um mistério. Palavras como lanternas, que podem acender uma caverna escura.

"Disparos no monte", você escreveu.

E ficou quieto. Sentiu medo. Como se você se aproximasse de um precipício.

Ficou olhando para a tela. O cursor segue piscando, desafiador, como um homem que, com a mão, pede que você se aproxime: "Venha, se tiver colhões", diz.

"Venha, se tiver colhões", a frase causa um estrondo na sua cabeça.

Jasone

24
Vai ter que me ajudar com isso

Rever Libe. Vê-la em carne e osso, saindo da entrada de sua casa da vida inteira. A mesma entrada onde, muitas vezes, eu a esperei para irmos tomar algo, onde ficava me perguntando com que jaqueta ela chegaria naquele dia, a mesma entrada pela qual passamos uma vez com aqueles dois garotos, durante as festas de Vitoria, aproveitando que os pais dela tinham ido visitar a família em Eibar. Vi Libe sair e, por um momento, me pareceu que o tempo não havia passado, que a minha voz (*Libe!*), de repente, era a mesma de então, uma voz mais aguda e suave do que a atual, uma voz mais excitada.

O cabelo dela me chamou a atenção. Estava mais comprido do que nunca. Libe sempre teve o cabelo curto, rígido, desafiador, como ela própria. E a encontrei com o cabelo mais macio, mais pendente, apesar desse toque de henna que, ainda que um pouco fora de moda, é sua forma de manter algum símbolo de rebeldia num penteado que foi amansado, domado pelo entorno de escritórios e reuniões, de blazers — blazers combinados com jeans, mas blazers, afinal — de seu ambiente de trabalho.

Ao vê-la, eu me perguntava se ela estaria satisfeita com o trabalho, se estaria contente morando em Berlim. Tivemos um sonho, faz muitos anos, de montar nossa editora, antes que Jauregi me convidasse para fazer isso com ele.

Não seria uma editora comum, publicaríamos o que os outros não se atreviam a publicar, realizaríamos recitais, debates, e muitas vezes me perguntei o que teria acontecido se a situação política da época tivesse sido outra. Se Libe não tivesse se sentido obrigada a fugir. Se o medo não tivesse nos paralisado como duas figuras de cera. Se toda essa guerra não nos tivesse condicionado tanto, se não tivesse limitado nosso futuro dessa maneira.

Nós nos demos um abraço, mas muito breve, porque tínhamos pressa em ver nossos rostos, frente a frente; tínhamos pressa para conversar olhando nos olhos.

— Kristin nunca virá com você? — perguntei a ela.
— Não. É perigoso, ela vai querer ficar aqui.
— Sério? Você já pensou nisso?
— Kristin quer vir. Mas não tenho certeza disso.
— Nunca é tarde.
— E o que faríamos aqui? Procuro uma ONG, e ela, uma academia?
— Poderíamos recuperar projetos antigos...

Os olhos de Libe brilharam quando a lembrei do nosso antigo projeto. Voltar a falar com Libe, olhando nos olhos. Não havia muito o que perguntar sobre como andava a vida, porque sempre fomos nos atualizando por telefone. E acredito que, se tivesse sido de outra maneira, tampouco precisaríamos de muitas palavras. Tantos anos olhando uma nos olhos da outra nos treinaram o bastante para saber o que pensamos sem necessidade de verbalizar. Sentadas frente a frente no terraço da cafeteria, eu lhe perguntei como estavam as coisas com a família. Pensei que ela me falaria da mãe, do pai, mas me falou de Ismael.

— Sabe, estou preocupada com Ismael... Ele te contou alguma coisa sobre como vai o romance?
— Nada. Está sendo hermético dessa vez.
— Ele vai me matar por te dizer isso, mas acho que ele precisa da sua ajuda.
— Mas se ele ainda não me passou nada...

— É que acho que ele não tem nada. Você sabe como é Ismael, nunca vai te pedir ajuda diretamente...

Não posso dizer que me surpreenderia perceber que Ismael andava bloqueado com o trabalho novo. Era algo que se podia notar pelo ambiente. Essa forma de sair do escritório como quem sai de uma câmera de gás, essa busca desesperada nos livros que ele me pedia para pegar na biblioteca, sem que terminasse de ler nenhum deles, passando de um a outro como que pulando de lá para cá, como que procurando com urgência alguma inspiração... Não me surpreendeu saber que ele andava com dificuldade, ainda que talvez eu não acreditasse que fosse algo grave como o que Libe estava me dizendo. O que me surpreendeu, sim, o que mais me surpreendeu, foi Libe acreditar que eu tinha a solução para o problema do seu irmão. Porque, naquele momento, eu não imaginava como poderia ajudá-lo, já que não sabia sequer no que ele estava trabalhando. Eu poderia ler o que ele tinha e tentar desatar o nó que provocava o bloqueio, mas o que mais além disso? Não poderia escrever o romance por ele. O que eu escrevo nunca lhe interessou. Eu não poderia lhe dar uma daquelas "grandes histórias", como ele chamava.

— Você é a única que pode ajudar. Você tem muito talento, Jaso. Esse romance que você escreveu, precisa tentar publicá-lo logo, sem dúvida.

— E como eu poderia ajudar?

— Ele precisa da sua mão. Tente fazer com que ele mostre o que tem e ajude-o um pouco. Acho que ele precisa de um empurrão...

Quando ela me disse para tentar publicar meu romance, estive a ponto de lhe confessar que já havia entregado uma cópia a Jauregi, mas não tive coragem. Não queria revelar nada até ter uma resposta. Se ele recusasse, ninguém saberia que eu tinha tentado. Se o aceitasse, teria de calcular a melhor maneira de dizer a Ismael.

E foi só falar no meu romance que o telefone tocou. Quando vi o nome de Jauregi na tela do celular, meus ombros encolheram, os músculos do meu rosto tensionaram. Pedi a Libe, levantando a palma da mão e as sobrancelhas ao mesmo tempo, que me desculpasse, que era uma ligação de trabalho, e Libe aproveitou para ir ao banheiro.

— Achei alucinante — disse Jauregi, sem rodeios.

— Você gostou? — perguntei, nervosa, excitada, com o coração batendo na garganta.

— Se eu gostei? Eu adorei.

As palavras de Jauregi começavam a construir dentro de mim um castelo de cristal, seu brilho estava me ferindo, uma dor doce, uma dor esperada.

— Fico muito feliz — consegui dizer, tentando conter a euforia.

Mas Jauregi prosseguiu:

— É sério. Acho que é o melhor que Ismael já escreveu... É tão diferente de tudo que ele fez até agora... que segredo ele tinha em mãos. Você acha que já posso falar com ele?

Há momentos em que construímos cenários fictícios, lugares em que gostaríamos de viver. A ponto de acreditarmos que vivemos neles. Mas chega uma hora em que você se dá conta de que estava vivendo sozinha nesse lugar sonhado, que para o resto do mundo era inexistente. Escutar Jauregi do outro lado do telefone fez desmoronar um mundo que eu sempre quis construir e que, nos últimos anos, acreditei estar levantando, não sem esforço. Um mundo em que eu era considerada alguém capaz de escrever, de pensar, de ser valorizada por meu talento. Um mundo no qual Jauregi estava me dizendo, sem dizê-lo, que queria voltar a ler algo meu, que estava ansioso por isso, que já era hora de lhe entregar algo, que havia chegado o meu momento. E, sem dúvida nenhuma, constatei, de repente, que nem por um milésimo de segundo ele pensou que o romance que eu lhe entregara fosse meu. Nem por um segundo me reconheceu como uma escritora. Talvez nem mesmo na universidade, em que sua aproximação pode ter tido outras intenções diferentes das que sempre pensei. Que ilusão. Achei que eu fosse diferente das outras. Talvez nunca tenha havido uma atração intelectual, como eu pensava, talvez só quisesse baixar minha calcinha. A dor que senti no estômago era tão forte que pronunciar qualquer palavra foi custoso.

— Não, ainda não diga a ele que te mostrei — respondi. E, ao ver que Libe voltava do banheiro, desliguei o telefone sem dizer mais nada.

— Tudo bem? — ela me perguntou, preocupada, ao notar minha expressão de espanto.

Foi difícil falar algo enquanto sentia sobre mim o olhar profundo de Libe. Enfim, reagi.

— Acho que já sei como posso ajudar Ismael — respondi. — Mas vai ter que me ajudar com isso...

25
A porta de correr, de novo

O cenário voltou a mudar. Bruscamente. Uma freada a seco, uma porta de correr que se reabria e me devolvia a uma realidade obscura. Eu voltava, obediente, ao meu lugar, como um cachorro que se acomoda aos pés do dono. Foi como me despregar de uma vez do centro de uma história, zás, para a margem. Muitas vezes, conversei com Libe sobre esse momento na vida das mulheres, em que elas se chocam contra uma parede, depois de viver numa miragem em que se sentem na mesma posição que eles. Acontece com algumas quando conseguem o primeiro emprego; com outras, tantas, quando são mães; com outras, no dia em que conhecem um rapaz por quem acreditam ter se apaixonado repentinamente e que acaba forçando-as no carro: "Para, cara, para!", imploram, mas ele continua, e elas acabam se deixando vencer, humilhadas, sem sequer reconhecer para si mesmas que estão sendo violentadas. Esse momento. Essa bofetada. Esse choque brusco com a realidade e com o lugar que nela ocupam. A mim chegou por telefone e na voz de alguém que, certa vez, acreditei que valorizava o que eu fazia.

Isso me deixou destroçada. Meu orgulho destroçado, meus sonhos destroçados, caindo no vazio a toda velocidade, como um pregador que cai no pátio. A dor que senti ao perceber que Jauregi nunca me viu como alguém capaz de escrever, que ele não esperava, como eu supunha, que um dia lhe entregaria algo escrito por mim, que tudo aquilo em que eu acreditava só existia na minha cabeça, fez com que, naquele momento, eu quisesse me desfazer do romance como quem, depois do parto, quer se desfazer de um bebê não desejado. Do fruto de uma violação.

E não tive que pensar muito mais. A melhor solução seria entregar o romance para Ismael, oferecê-lo para que ele o usasse em sua nova obra ou para que o publicasse com seu nome. O melhor era deixar acontecer. Deixar acontecer, sem pensar que está sendo violentada, como tantas garotas em tantos carros.

Eu sabia que ele estava desesperado, incapaz de entrar na mente de uma mulher, que era o que realmente precisava. Era mais fácil agora que Jauregi imaginava que o livro era dele. Pensar nisso, por um lado, me aliviava. Enfim resolveria o problema, a dor de cabeça que me perseguia no último ano. Não teria de confessar nada a ninguém, já não teria nada a esconder, nenhum segredo, nenhuma dúvida existencial sobre o que fazer com o escrito. E, além do mais, poderia salvar Ismael do fracasso absoluto, um fracasso que seria insuportável para ele. Para ele e, por consequência, para mim.

Mas, no fundo, sabia que a sensação de alívio estava ali apenas para disfarçar um vazio, uma renúncia, uma pequena morte para a qual eu estava abrindo a porta novamente, como me disse Libe. Me senti de novo na rua, de noite, andando rápido, com medo de correr, com medo de que alguém descobrisse minha pele branca sob a roupa, vulnerável, um terreno a explorar. Senti que, de novo, se abria a porta de correr de um furgão branco e eu caía num buraco negro, no vazio, com as mãos e as pernas atadas. E que levavam o mais íntimo de mim. Me roubavam o mais íntimo. Imaginar Ismael usando meu romance me fazia sentir um vazio no estômago, como se um bando de pássaros bicasse minhas entranhas para depois levá-las pelo ar em pequenos pedaços.

— Você está louca?

Libe não entendeu minha decisão. Ela evitaria que isso acontecesse. Precisava evitá-lo.

— Você tem que me ajudar com isso — lhe pedi. — Só você sabe que é meu. É só não dizer a ninguém.

— Você se dá conta do que está fazendo? Não posso permitir isso.

Ela me disse que aquilo implicava uma nova pequena morte, que ela não podia contribuir com isso. O que eu pretendia fazer era dar um passo para trás, uma renúncia que ela não podia permitir. Ela me disse, nervosa, que eu precisava publicar esse romance e que o que estava em jogo era mais do que minha carreira. Não era apenas por mim.

— Se você se rende, todas damos um passo para trás — advertiu, séria, como se, de repente, falasse em nome de todas as mulheres do mundo. Como se falasse num megafone numa praça cheia de mulheres. — É a sua obra, é a sua voz. Não podem roubar isso de você.

Escutei as palavras de Libe assentindo e negando ao mesmo tempo. Sabia que tinha razão, mas a razão não é suficiente. Meu orgulho estava pisoteado o bastante, e a urgência de Ismael era patente. Eu tinha que fazer aquilo. Com ou sem a ajuda de Libe. E fiz. À noite, enquanto Ismael escovava os dentes, tirei o romance da gaveta em que até então estava escondido.

Quando ele se aproximou da cama, estendi o braço e lhe ofereci as páginas, diretamente.

— Tenho essas anotações, é a história de uma mulher que fui escrevendo aos poucos... Talvez possa te ajudar na pesquisa... Talvez encontre algum detalhe que sirva para o seu romance — disse, antes que ele se enfiasse na cama.

Umas palavras, umas anotações... Quis diminuir a importância. Tentei manter uma voz neutra, desinteressada, apesar de que, quando seus dedos se aproximaram das páginas, senti que estava me arrancando a pele em tiras. E, quando lhe dei o texto, me surpreendi com a naturalidade com que ele o recebeu. Me chamou a atenção que ele não tenha se mostrado surpreso, que não tenha me perguntado nada.

— Obrigado, com certeza vai ajudar, você me passa também por e-mail? — ele me disse, e deixou as páginas sobre a mesa de cabeceira, como se eu acabasse de lhe passar um relatório ou uma lista de livros da biblioteca. Ele nem sequer me perguntou quando o escrevi, se havia voltado a escrever. Não me perguntou nada, não deu nenhum valor, e me senti a pessoa mais estúpida do mundo. Depois de mais de um ano escrevendo às escondidas, por medo sabe-se lá de que, para Ismael parecia dar no mesmo que eu escrevesse ou não. Ele simplesmente aceitava minha ajuda como sempre a aceitou. E me fez sentir que minha função realmente era essa: oferecer ajuda, ajudá-lo, apoiá-lo. "Vocês, os *nuevos euskaldunes*, são muito bons nisso." Ele me colocou, com apenas uma frase, em meu lugar. Na margem. No lugar que realmente cabia, como Libe vinha me alertando. Uma bofetada a mais.

A partir daí, cada vez que Ismael saía do escritório, eu segurava a língua para não lhe perguntar algo. Ele não comentava nada sobre o texto, nada sobre meu romance. Nem sequer me disse se havia gostado. E eu tinha vontade de gritar, mas, em vez disso, batia ovos na cozinha; tinha vontade de colocar meu marido contra a parede para extrair dele alguma informação, mas, em vez disso, eu tirava a maquiagem em silêncio no banheiro, enquanto, da boca, a única coisa que saía era a espuma branca da pasta de dente. O silêncio dele me machucava.

E essa dor me tornou consciente de que talvez eu também não estivesse sendo totalmente honesta. A dor que eu sentia pelo silêncio dele me dizia que meu objetivo ao lhe dar o romance talvez não fosse apenas ajudá-lo. Depois de sofrer com a indiferença de Jauregi, o que eu realmente queria era que Ismael me reconhecesse naquelas palavras e me valorizasse por elas. Que me dissesse algo mais do que *não está ruim*. E que me enxergasse, enfim. No fundo, era isso o que eu desejava, ainda que naquele momento não soubesse. Que ele, enfim, me enxergasse. Que afastasse, como se afastam as amoreiras selvagens para abrir caminho no monte, o corpo da mulher desejável que um dia fui para ele, além desse outro corpo de mãe no qual um dia me transformei. Que, para além da amante e da mãe, ele visse a mim. Por fim, a mim, porra, a mim.

Ismael

26
Como descem os restos de papel queimado

Você o observa ali, sentado diante da TV como uma figura de cera, e se pergunta como seu pai chegou a essa situação. Você gostaria de saber quando ele começou a perder a cabeça. Sem dúvida, o golpe pelo que aconteceu com Aitor foi muito forte para ele, assim como foram aqueles meses terríveis de greve na fábrica. Então ele começou a escolher o silêncio como arma de proteção contra o mundo.

A morte de Aitor. A morte prematura do sobrinho preferido, do grande caçador. Nunca chegou a superar o que havia acontecido com ele no monte, e, a partir da morte dele, o olhar de seu pai fazia com que você se sentisse culpado. Como se ele soubesse que você havia desejado isso.

Os espetáculos de Aitor pelas noites, gritando *Gora ETA* na rua, nos bares, se repetiram. Naquela época, depois do acidente no monte, Aitor começou a espalhar por toda a vila que militava no ETA, até mesmo que tinha armas e explosivos escondidos no monte. Ninguém acreditou. Todos o deram como perdido. Que pena, um rapaz que fora tão valente e habilidoso quando jovem transformado num personagem da vila. "Olha, esse aí, quando bebe, diz que é do ETA." Você imaginava as pessoas fazendo esse tipo de comentário. E outra vez, e outras muitas vezes, desejou que Aitor tivesse morrido na entrada daquela caverna, como consequência de um golpe seco. Que tivesse desaparecido de sua vida muito antes, para sempre.

E enfim aconteceu. Você chegou a pensar que aconteceu porque assim você o desejou tantas vezes. Num meio-dia ensolarado de agosto, ouviu-se uma forte explosão no edifício em que Aitor vivia com os pais. A polícia disse que o jovem estava manipulando alguns explosivos no quarto. Depois da morte dele, a Polícia Civil encontrou um esconderijo com armas e explosivos, muito próximo das cavernas em que vocês procuraram por ele alguns anos antes.

Você sentiu, então, que foi você quem colocou aquela bomba nas mãos de seu primo.

A morte de Aitor coincidiu com o ano das greves na fábrica. Seu pai, um dos poucos que não aderiram à paralisação, chegava muito tenso em casa, muito nervoso. Perdeu vários amigos. Você se lembra, sobretudo, daquele dia em que fizeram uma pichação junto aos interfones da entrada. Chamavam seu pai de fura-greve. A partir daí, ele começou a escolher o silêncio.

Hoje, ele passa o dia em silêncio diante da televisão. Parece uma figura de cera. Você se pergunta como seu pai contaria a própria história. Seria certamente difícil para ele resumir sua trajetória, porque seu pai guarda dentro de si uma compilação de dados e acontecimentos, mas não seria capaz de articulá-los numa relação. A história contada por seu pai seria algo parecido a uma lista telefônica, um dado atrás do outro, um acontecimento atrás do outro, sem conexão entre si, sem causa e efeito. Não contaria uma história, porque é impossível contar uma história sem conectar tudo, sem costurar uma coisa à outra. Faz falta uma boa lata de botões, como a da mãe, para contar uma boa história. Mas, para seu pai, as coisas acontecem e pronto. Ele não vê os acontecimentos costurados às emoções, aos sentimentos. São apenas acontecimentos. Fazer. Fazer, trabalhar, produzir. Esses são seus lemas. Essa é sua visão de vida: nascer, trabalhar, morrer.

Ele passa o dia em silêncio, como se estivesse à espreita. E esse silêncio, no fundo, é um castigo para você. Seu pai apenas o observa, e, ao fazê-lo, ainda hoje você vê nos olhos dele a mesma pergunta acusadora: "Olhou direito ali?". E isso o faz se sentir culpado. Culpado por tudo. Por não ser o filho que ele desejava, por não trabalhar como um homem, por não ser um bom caçador, por ser um covarde, por cantar canções da Itoiz junto com sua irmã, por não ter *os colhões* que ela sempre teve... Ainda hoje, cada vez que ele olha em seus olhos acidentalmente, quando você não consegue esquivar-se deles, continua vendo no ar partículas que vão descendo pouco a pouco até o chão, como descem os restos de papel queimado. É a sua masculinidade, feita em pedaços.

Você o observa ali sentado, com as mãos que descansam sobre as pernas. Você se lembra daquelas mãos de unhas quadradas ensinando-o a inserir o cartucho na espingarda, aquelas mãos acariciando suavemente a espingarda recém-estreada, comprada com o dinheiro retirado da lata dos botões, aqueles dedos amarelos de tanto fumar Ducados, aquelas unhas que chegavam pretas do trabalho... Você não se lembra de um carinho daquelas mãos; o mais próximo disso, um tapinha nas costas. Quando queria demonstrar mais afeto, ele batia ainda mais forte. Seu único recurso. Não são mãos que perdoam. Ainda que quisessem. Não são mãos que acariciam. Ainda que o desejassem.

E, por um momento, aquelas mãos o machucaram por dentro. A dor que você tem sofrido desde pequeno pela depreciação do seu pai, por não ser como ele esperava, a dor por ter mentido para ele e para todo mundo a fim de ocultar sua covardia. Uma dor que o levou a se defender como pôde. Uma dor que você necessita pegar, destrinchar. Como essa mulher do texto de Jasone destrincha a dor. Ainda que sejam diferentes, a dor dessa mulher e a sua se unem em algum ponto. Você não sabe bem em qual.

Você olha para ele sentado ali, na poltrona, e não consegue fazer outra coisa a não ser suspirar e voltar à cozinha para lhe preparar o café com leite da tarde. Enquanto prepara o café na velha cafeteira americana, por um momento olha pela janela da cozinha. Hoje também apareceram. Os pássaros. Um bando de estorninhos que, às vezes, se divide em dois grupos e logo volta a ser um. Como sempre que os vê, você fica observando, hipnotizado. Quem sabe os pássaros também estejam hipnotizados. Por isso todos seguem o mesmo caminho. É como se pensassem apenas no movimento que precisam fazer para não separar o grupo.

O medo de desfazer o grupo, de ser expulso dele.

Isso é o que matou Aitor.

Você coloca algumas bolachas no prato, junto com o café com leite, e volta à sala, onde está seu pai. Da porta da sala de jantar, você o vê de costas. Vê a manga da camisa e a mão dele de um lado, e o cabelo branco que espreita por cima da poltrona. Você fica por um momento ali, quieto, sem se atrever a ficar frente a frente com ele. Mas, enfim, você se coloca diante do seu pai. Ele adormeceu, com a cabeça de lado, a boca meio aberta e um rastro branco saindo dos lábios. E, com o olhar fixo nos olhos cerrados do pai, você não conseguiu se conter. As palavras saíram catapultadas do estômago:

— Você realmente teria preferido que eu fosse como ele? Melhor morrer manuseando um explosivo do que isto, certo?

Sua garganta dói. A dor vem do estômago e quer sair pela boca. Você sente uma raiva irreprimível, se sente vítima de seu pai. Você o odiou com todas as forças. Nesse momento, desejou que seu pai não estivesse dormindo. Desejou que estivesse morto. Desejou dizer que ele já não serve e que deve ser sacrificado. Pegar uma espingarda e matá-lo com um tiro.

— Na cabeça?

— Sim, na cabeça — você ouviu ao longe.

E, de repente, um estrondo lhe causou um sobressalto. A você e a seu pai, que acordou assustado. O copo de café com leite que levava na bandeja está estilhaçado no chão. E o café se esparrama por todo o piso. Você o limpou com um pano que trouxe da cozinha, em silêncio, diante do olhar do pai. O olhar do pai em sua nuca.

27
O colar de pérolas

Eles se encontravam aos sábados à tarde. Os dois casais. Seus pais, um colega de trabalho do seu pai e a esposa dele. Fernando e a esposa. Você nunca soube como ela se chamava. Sempre diziam que tinham combinado de se encontrar com Fernando e a esposa. Saíam para dar um passeio no centro e acabavam comendo alguma coisa por lá. Sua mãe usava o colar de pérolas. Você se lembra do cheiro de laquê no banheiro nos sábados à tarde. Vocês esperavam que eles saíssem para colocar as batatas fritas e os refrigerantes comprados com a mesada sobre a mesa de jantar, então se deitavam no sofá para ver televisão. A casa era de vocês aos sábados à tarde. Apenas aos sábados à tarde.

"Hoje não vão sair?", Libe perguntou num sábado em que não se arrumavam. Quando começaram as greves na fábrica, sua mãe não voltou a pegar o colar de pérolas. E seu pai e os Ducados ocuparam a sala de casa.

28
O grande mistério

Você não esperava a ligação de Jauregi. Ele nunca liga diretamente, sempre que quer falar com você manda uma mensagem antes perguntando se pode falar. Hoje você recebeu a ligação dele enquanto olhava para a tela em branco do computador. Ali estão abertos dois documentos. Um, enviado por Jasone, tal como você pediu; o outro, o que você começou a escrever há dois anos. Só há três palavras escritas: *Disparos no monte*. Você não abriu o texto em que tenta se colocar na pele da mulher de seus pesadelos; falta algo a você, alguma chave, para nela adentrar. Você ainda não se pôs no lugar adequado para conseguir fazê-lo. O que escreveu até agora se parece com uma *collage* feita com bilhetes falsos.

No momento em que Jauregi ligou, você estava pensando que só lhe restam duas opções: render-se e confessar a verdade, ou ir adiante e apresentar o texto de Jasone como se fosse seu. Tem a permissão dela para usá-lo. Ainda que só de pensar nessa possibilidade o faça se sentir péssimo. Poderia suportar diariamente o olhar de Jasone em casa depois de fazê-lo? Seria capaz de falar nas entrevistas sem se sentir envergonhado?

— Desculpe ligar assim, mas perderemos o prazo da gráfica se não entregarmos o original o quanto antes... E um passarinho me contou que você já tem um romance terminado.

Você não soube o que responder. O passarinho não pode ser outro senão Jasone, mas por que ela diria algo assim? Por que está convencida de que você vai usar o texto dela? Quem sabe Jasone tenha aceitado de maneira mais natural que você use a história dela e que assine como se fosse sua. Será que ela percebeu que você estava tão perdido?

— E já sei, além disso, que dessa vez você descobriu o grande mistério: o que se esconde na cabeça das mulheres! Nada mais, nada menos.

Jauregi riu, mais uma de suas tiradas, mas você sente um soco no estômago. Seus músculos enfraquecem. Você não pode dizer a verdade. Você se lembra subitamente do olhar do seu pai em sua nuca enquanto limpava os rastros de café com leite do chão. Ali está ele, esperando que faça algo digno de pena, como quando esperava para ver se você inseria direito os cartuchos na espingarda. E você se torna Mendi, balançando o rabo, desejando demonstrar ao pai que sabe caçar. Não tem saída. Não pode esperar que lhe deem um tiro. Não pode fazer papel de ridículo diante do pai, diante de Jauregi, diante do mundo. O texto de Jasone é sua última oportunidade. Você engole a saliva antes de responder, enquanto passa uma e outra vez o cursor por cima do romance de Jasone, imaginando como soariam essas palavras na sua voz.

E, afinal, você se lança ao precipício. Uma nova falácia, como quando disse a seu pai que não havia nada na área que você supostamente inspecionara no monte.

— Sim, eu tenho — você mentiu e ficou calado por um segundo.

As mentiras, quanto mais curtas, melhor.

Talvez não seja o que Jauregi espera. Você se sentiu revirado por dentro, porque o texto fala de algo com que você está obcecado ultimamente, mas talvez a ele pareça uma obra *muito feminina* e ele diga que não se encaixa com o que os leitores esperam de você. Mas é sua última cartada, a última oportunidade.

— Eu te mando hoje mesmo — você disse, excitado, e desligou o telefone quase sem o deixar falar.

Você é um merda, pensou ao desligar. E, com esse sentimento de ser um merda se espalhando por seus dedos, enviou o documento de Jasone e, sem pensar, dirigiu o cursor para o outro.

"Disparos no monte", começa.

Com o menosprezo contra si mesmo cravado no peito e sem a pressão de ter alguém esperando, agora sim você começou a escrever, com o coração aberto, com palavras que saíram dos seus dedos e que vão de mãos dadas.

E, na tela em branco, vai aparecendo, palavra por palavra, uma história que você levava havia muito tempo dentro de si. Enquanto escreve, sente o vento sul acariciando seu rosto, tão suave que machuca... Enquanto escreve, ouve o ruído das folhas secas de quando avançava pelo monte naquele primeiro dia de busca.

Seus dedos não param de teclar, como se quisessem lhe contar algo importante. Nessa história, um garoto e seu pai estão à procura de um jovem perdido no monte. O rapaz se aproxima de uma área de cavernas, e ali o brilho num dos arbustos chama a sua atenção. Ele pensa que pode ser um velho cartucho que ficou preso, mas, observando melhor, vê que é uma corrente que carrega um chaveiro.

O rapaz fica olhando a corrente, o brilho dela, e sente que o reflexo o fere. E, nesse momento, escuta a voz do pai. Este lhe pergunta se vasculhou direito a área, e ele, sem tirar os olhos do chaveiro, responde que sim, que já procurou por ali. Que não há nada.

À medida que escreve, você sente que as suas palavras são chaves que estão abrindo uma porta. A corrente de Aitor. As chaves de Aitor. Primeiro, você viu o brilho, depois se deu conta de que eram as chaves dele. Você ficou congelado. E, nesse momento, veio a pergunta do pai:

— Você olhou direito ali?

Talvez se ele não tivesse perguntado, se você não tivesse se sentido na obrigação de dar uma resposta rápida, se tivesse pensado duas vezes, não teria tido coragem de mentir. Mas a voz de seu pai entrou em seu peito, uma voz de unhas quadradas, e, sem refletir, com uma frieza que ainda o surpreende, você tirou os olhos rapidamente do chaveiro e respondeu:

— Sim. Aqui não há nada.

E seguiu caminho, deixando para trás as chaves, deixando para trás Aitor, deixando para trás parte da inocência e dando as boas-vindas a uma época de medos, de pesadelos. E de um sentimento de culpa que ainda o persegue. Você respondeu que não havia nada e continuou andando sobre as folhas secas, ouvindo seu ruído, com a sensação de que estava pisando um esqueleto. Um ruído que ainda hoje você ouve na mente.

Você olhou para a tela do computador. E as palavras saíram sozinhas de sua boca.

— Não fui eu — você disse para sua imagem refletida na tela. — Não fui eu.

Palavras-cruzadas

Seu pai com o jornal aberto na seção de palavras-cruzadas, sobre a mesa da cozinha, enquanto sua mãe prepara o jantar. Seu pai lê em voz alta as definições das respostas que ele não consegue acertar.

— "Seriedade, coerência de uma pessoa." Começa com efe e tem uma, duas, três, quatro, cinco, seis, sete, oito, nove, dez letras.

— Fundamento? — responde sua mãe, olhando as palavras-cruzadas por trás da cabeça do seu pai, enquanto seca as mãos no pano de prato.

Seu pai se certifica de que a palavra cabe no espaço e, quando percebe que sim, escreve satisfeito, convencido de que a resposta ocorreu a ele.

30
Sua voz já não é sua

Jauregi o parabenizou assim que você entrou no escritório. Sorriu, os olhos apertados. A opinião dele sempre foi importante para você, então, a princípio, você se sentiu lisonjeado, esquecendo por um momento que não escreveu o texto que enviou há alguns dias. Vocês se sentaram um de frente para o outro, a mesa entre os dois repleta de papéis.

— A verdade é que você me surpreendeu — ele disse. — Acho que você nunca chegou a mostrar a profundidade de uma personagem assim antes.

Você também está surpreso. Não esperava essa valorização de Jauregi sobre algo escrito por Jasone. E, à medida que vai falando sobre o romance, que vai esmiuçando o que lhe parece ser o melhor nele, à medida que você nota nos olhos de Jauregi um brilho que nunca tinha visto quando ele falava dos seus romances anteriores, a opinião entusiasmada do editor começou a incomodá-lo em algum lugar do corpo, entre o peito e o estômago. Cada vez dói mais. Você nunca o viu tão emocionado com o resultado dos seus romances anteriores. Seu rosto definitivamente mudou quando ele pediu para você, por favor, parabenizar Jasone também.

— Agora, mais do que nunca, se nota a mão dela nas correções. Você tem sorte. Vocês formam um bom time.

Ele lançou uma bomba. Atingiu você nos joelhos. Você quer responder que sim, mas não consegue esconder a careta induzida pela amargura que sente. Talvez seu segredo não seja tão secreto assim. Talvez Jauregi tenha pensado, em todos esses anos, que, se não fosse pela revisão de Jasone, seus textos não valeriam tanto. Talvez ele pense que todos os seus livros anteriores tenham sido escritos por ela também.

Você quer responder algo que não o deixe numa posição ridícula, nu; quer se mostrar tranquilo, seguro de si, mas uma ferroada se expande pelo estômago. E você não conseguiu evitar dar um salto mortal e voltar à época da universidade. Você se lembrou de Jauregi, sentado na cafeteria ao lado de Jasone, observando você como um intruso. Dizendo que vai publicar seu conto, mas porque Jasone pediu que o fizesse. Talvez esteja pensando a mesma coisa agora. Que vai publicar o seu romance só porque foi ela quem escreveu. Que o romance em que mais se nota a mão de Jasone é precisamente o seu melhor trabalho.

A partir daí, você deixou de escutar a voz de Jauregi. Só escuta a voz da mulher que fala com você, vinda do romance de Jasone. De repente, já não é sua. Você se afasta.

Você levantou-se bruscamente, precisa ir embora.

Jauregi o acompanhou até a porta falando de datas, capas, apresentações... Mas você não o escuta e parece que a porta se estreita, como está se estreitando o espaço pelo qual deve passar o ar na garganta. Você está a ponto de se afogar. E a bola no cérebro, você a sentiu de novo ali, crescendo, a ponto de explodir e acabar com sua vida.

Você se despediu de Jauregi com um movimento de cabeça e, depois de ouvir a porta se fechando, ficou quieto na escada. Veio à sua mente a imagem da Jasone jovem, quando escrevia contos e os mostrava a você, esperando ansiosa sua opinião. Ela o olhava enquanto você lia, como que tentando descobrir em seus gestos se estava gostando. De repente, você se lembrou daqueles olhos que ficavam à espera do veredito. Que importante era para ela saber se você gostava do que escrevia. Você se lembrou de Jasone lendo, sempre lendo, sublinhando frases, transcrevendo nos cadernos que sempre levava no bolso. Você se lembrou de Jasone observando o mundo e escrevendo. Não havia nada de que gostasse mais.

Você se lembra dela depois, quando já estavam casados, ajudando com seus textos. E no meio existe um abismo, um buraco negro do qual não se recorda. Quando ela deixou de escrever? Ela deixou de escrever em algum momento? Você nunca perguntou nada sobre isso. Nunca deu importância. E se dá conta de que, apesar de Jauregi ter dado a bênção, você não valorizou o romance de Jasone. Suas *correções*. Por que os vê agora de maneira tão diferente?

E então uma imagem o golpeia, duramente, na face. Você se viu abrindo uma lata de biscoitos. Dentro, entre os botões de todos os tipos, há um maço de notas de cem *pesetas* bem enroladas com um elástico. E você as pega, as rouba e deixa a lata aberta sobre uma cama de casal. Imagina Jasone chorando sentada sobre a cama, olhando para a lata vazia.

Você precisou se sentar na escada.

Sente que cada vez mais se aproxima da origem dos seus pesadelos.

Depois de pensar muito, você se levanta e volta a bater na porta de Jauregi.

Libe

31
Dar um passo para trás e começar de novo

Ismael abriu a porta e conduziu você até a cozinha, sem muitas palavras. Como se não se surpreendesse que tivesse aparecido em sua casa sem avisar. Como se estivesse esperando. Como se tivesse intuído que você fosse aparecer na casa dele para convencê-lo a não usar o romance de Jasone como se fosse dele. Já que não convenceu Jasone, você decidiu tentar com ele.

— Me convida para um café? — você disse, enquanto avançava pelo corredor na sua frente, sem se olharem.

— Só tenho este, não sei se você gosta, tenho que trocar a cafeteira... — disse ele, mostrando a cafeteira americana com o café recém-passado, como se também estivesse esperando por você.

— Como anda o romance? Se eu puder ajudar em algo...

Ismael ficou calado, olhando para a cafeteira.

— Obrigado, Libe, mas no momento não vai ter romance. Ainda não estou preparado para me colocar na pele dessa mulher. Tenho algo para fazer antes disso.

Você olha para o seu irmão, o caçula, você o vê encolhido, nervoso, como se não conseguisse encontrar seu lugar na própria cozinha. O que você acabou de ouvir a surpreendeu e a alegrou na mesma medida. E você se dá conta de que seu irmão falou com uma voz da qual você não se lembrava mais.

É a voz daquele que fora seu irmão mais novo. O pequeno Ismael, você o reencontrou. Você o levava pela mão quando sua mãe os mandava sozinhos comprar pão. Ele agarrava forte sua mão. Você agarrava forte a dele também. Ele gostava de acompanhá-la, se sentia seguro com você. De repente, você viu o menino que brincava com o saco de leite do dia, movendo o líquido de um lado para o outro, comprovando com suas pequenas mãos como o objeto se deformava, como engordava de um lado e esvaziava do outro.

Você se lembrou do seu irmão, muitos anos depois, falando numa entrevista para um jornal sobre a importância de um escritor combinar, em sua escritura, a voz do menino, essa essência que aparece nos primeiros rascunhos, na qual realmente se encontra a criatividade, a vontade de brincar, com a voz do adulto, a que aparece depois, na hora de recolher os brinquedos do quarto, a que ordena, que corrige, que impõe disciplina ao texto. Não há maneira de escrever sem combinar ambas as vozes, dizia ele numa das entrevistas que sua mãe guarda organizadas numa pasta de recortes.

Essa voz ressurgiu. Onde seu irmão a teria escondido por todo esse tempo? Ele a reprimiu por medo de que transparecessem nela os medos que tem ocultado durante toda a vida; a vontade de chorar, a vontade de descer a ladeira dando piruetas, a vontade de dançar, de beijar, de brincar com você, de mostrar seus medos. Onde terá deixado esquecido, por todo esse tempo, aquele menino sensível, que gostava tanto de cantar com você, que gostava de mexer na sua cozinha de brinquedo, às escondidas, com medo de que o pai o visse?

— Não é fácil falar de alguém se você não sabe ao certo de onde olha — você disse.

— Uau, está claro que você e Jasone leem os mesmos livros... — ele respondeu sorrindo, e você devolveu o sorriso.

Não é necessário dizer nada. Esse sorriso a faz lembrar daquele sorriso brincalhão que lhe causava risos na missa, quando voltava da comunhão. Ele se adiantava para comungar antes de você e, enquanto você voltava, a olhava de onde estava sentado, com essa cara que a fazia rir. Você passava mal de verdade tentando se conter. Onde está aquele Ismael que fazia caretas? Onde ficou sepultado?

— Mas, sim, acho que preciso dar uns passos para trás.

Quando seu irmão lhe conta sobre os passos para trás, você sabe do que ele está falando. Está falando de algo que você também sente. Voltar ao início e começar a dar passos sobre um caminho conhecido, mas ciente de algo de que não sabia antes. Partir de uma nova posição para olhar ao redor. Reconhecer-se antes, para então poder reconhecer a relação com os demais.

Quando você foi embora para Berlim, só pensou em si mesma. Não pensou que estava deixando sua mãe sozinha num terreno hostil nem que abandonava sua melhor amiga num campo de guerra. Você tentou se salvar, sem pensar muito que cada movimento gera outros movimentos nas pessoas que nos rodeiam. Que somos interdependentes e estamos entrelaçados com fios de linha. Se você levanta um braço, quem está ao seu lado levanta uma perna. Você sempre considerou que Ismael só pensava em si mesmo, na carreira dele, nos sonhos dele, esquecendo que Jasone também tinha os sonhos dela, mas você não foi muito diferente. Você arrastou diversos fios atrás de si sem se dar conta. Você estrangulou mais de um desejo com suas decisões. E também os desejos de Kristin. Faz tempo que ela quer sair de Berlim, faz tempo que você não permite.

A relação de vocês tampouco se livrou das relações de poder de que tantas vezes você falou e sobre as quais tantas vezes leu. Tudo se baseia em relações de poder. Também o amor. Sobretudo o amor. Sempre existe alguém que diz primeiro: "Amo você". Essa pessoa é quem perde. A outra pessoa, seja lá o que responda, no fundo está dizendo: "Eu sei".

Hoje você se pergunta se voltou a reproduzir o mesmo esquema dos seus pais com Kristin. Se é você quem toma as decisões, e Kristin a que aceita. Faz mais de dez anos que ela quer sair de Berlim, quer conhecer seu país, comprovar se gosta dele para recomeçar, mas você sempre lhe negou isso.

Como se fosse seu pai. E então odiou a si mesma. Talvez você não seja tão diferente deles.

— Você acha que a *ama* gostaria de vir morar uma temporada comigo? Quando sair do hospital, digo — você perguntou a Ismael, ainda que fosse uma pergunta que, nesse momento, você estivesse fazendo a si mesma.

— Em Berlim?

— Não, não exatamente. Poderíamos vir, Kristin e eu, para uma temporada.

— Acho que ela não deixaria o *aita* sozinho de jeito nenhum. Mesmo que a casa estivesse pegando fogo, ela entraria nela, para que ele não ficasse sozinho.

— Talvez exatamente por isso possa fazer bem a ela passar uma temporada com a gente. E o *aita* não vai estar sozinho. Você poderia continuar levando o *aita* para sua casa à tarde... Acho que faria bem a vocês passarem algumas horas sozinhos, juntos.

— Não, acho que não... Acho que vai ser melhor se eu for para a casa dele e passarmos as tardes juntos ali. Acho que me faria bem escrever no meu quarto. Do meu quarto. Desse que foi o meu lugar em casa durante muito tempo.

— Do quarto do garoto da casa.

Você olha para seu irmão. Seu irmão olha para você. Pela primeira vez em muito tempo, os dois se olham nos olhos. Seu irmão mais novo. De repente, ele pareceu aquele irmão que cantava as canções da Itoiz, aquele a quem você pedia ajuda para escrever os títulos das canções das bandas na capinha das fitas cassetes. Entrava no quarto dele com as mãos cheias de fitas para gravar. "Vamos, *brother*, me ajude a escrever os nomes das bandas." E vocês escreviam juntos, com esferográfica, os títulos das canções que gravava numa fita de sessenta minutos. Trinta e trinta. Lado A e lado B. The Police, Ilegales... "Com essa letra tão grande, não vai caber 'Tiempos nuevos, tiempos salvajes', vai ter que deixar apenas 'Tiempos nuevos'", você se lembra de ele dizer, enquanto revisava cada palavra que escrevia na capa da fita.

Vocês foram unha e carne até que se viram separados pela porta do seu quarto. Você fechou a porta com força porque seu irmão já não tinha nada a ver com você, cada um pertencia a um grupo. Com certeza teria sido diferente se tivessem sido dois garotos ou duas garotas. Com certeza teria sido permitido a vocês compartilhar mais coisas.

Ele colocou as mãos sobre seu ombro e apertou com os dedos duas ou três vezes. Como se quisesse mandar uma mensagem em código morse. Depois lhe disse algo sobre a cafeteira americana que você não entendeu muito bem o motivo. Ele falou que você poderia levá-la para casa, que não havia lata-velha melhor do que essa para fazer café, mas que já estava um pouco ultrapassada. Que seria preciso comprar uma cafeteira nova. Uma dessas de cápsulas, quem sabe.

— Você sempre foi um mauricinho — você disse a ele.

É a sua forma de lhe dar um abraço.

Seu irmão mais novo, puxa vida, você o ama.

Jasone

Não que eu gostasse de Jauregi; eu queria ser Jauregi

Quantas vezes joguei na cara de Ismael sua incapacidade de notar certas coisas, quantas vezes o acusei de não as ver, quantas vezes lhe disse que, para enxergar além da superfície, é preciso fazer um esforço, que a rotina invisibiliza os alicerces da realidade. E é assim. Também tenho estado alheia durante muitos anos. Também não fui capaz de ver que minha vida tem estado marcada por um padrão preestabelecido, que tenho cumprido fielmente o papel de amante de Ismael e de cuidadora das minhas filhas. Comecei a percebê-lo ao voltar a escrever e, assim, saí de uma anestesia que durava anos.

No entanto, me custou mais entender de que natureza foi minha relação com Jauregi durante todos esses anos. O que senti por Jauregi e por quê. Não vi com clareza até o dia em que ele chegou à biblioteca com a respiração entrecortada, a expressão confusa, a camisa por fora das calças.

— O que é esta bobagem de Ismael? O que é isto de que ele não vai publicar nada, de que a obra não é dele? — me perguntou, com a voz aguda e entrecortada.

Fiquei calada. Não podia acreditar que Ismael tivesse dito a verdade a Jauregi. Por um momento, me senti orgulhosa dele. Por um momento, pensei que meu marido tinha tirado aquela capa de medo que o tem paralisado, esse medo do fracasso que, nos últimos anos, o transformou numa pessoa hesitante, vulnerável. Pensei que ele tinha superado o apetite de sucesso a todo custo, essa necessidade de ganhar sempre. Mas, sobretudo, pensei que ele me reconhecia, finalmente, e que renunciava a levar a parte de reconhecimento que deveria ser destinada a mim.

De repente, vi à minha frente uma planície. Um espaço amplo em que poderia começar de novo com Ismael. Quem sabe havia chegado o momento de voltar àquele carro em que nossas mãos se tocaram pela primeira vez. Vinte dedos entrelaçados, quando era difícil distinguir os meus dos dele. Começar outra vez desse ponto. Construir algo juntos a partir daqueles dedos nus.

Eu não lhe disse nada. Pela primeira vez, não me senti pressionada a responder a Jauregi. Pela primeira vez, comprovei que podia me manter em silêncio. Estar diante dele sem me sentir incômoda. Sem precisar demonstrar nada.

— O romance... É seu, então? — ele me perguntou, com uns olhos redondos que eu não reconhecia.

Senti que havia chegado o momento que tantas vezes esperei. Jauregi finalmente reconheceria meu talento.

— Sim — respondi, tentando dissimular o orgulho.

De repente, tive a impressão de ver um Jauregi sem filtros, sem seus rodeios habituais, sem seu humor para envernizar as frases mais difíceis de dizer. Seus olhos já não eram aqueles olhos apertados que sempre se escondiam atrás de uma brincadeira, atrás de uma tirada. Parecia que saltariam do rosto.

Jauregi olhou para mim durante alguns segundos. Esperei que, por fim, elogiasse minha obra, que me parabenizasse... Esperei, inclusive, que, num ataque repentino, me dissesse que então eu deveria publicar. Esperava que, para ele, o importante fosse a obra, e não quem a tinha escrito.

— Pois você tem que convencer Ismael. Agora ele já não pode voltar atrás. Temos toda a maquinaria em marcha. Jasone, por favor, você precisa me ajudar.

Não lhe ocorreu nem por um momento me perguntar se eu tinha alguma intenção de publicar o livro; não lhe ocorreu me propor isso.

— Você não se importa que não seja dele? — perguntei.

Na verdade, queria perguntar: você não se importa que seja meu? Mas não me atrevi.

— Você sempre esteve ali, em todas as obras dele. No fim das contas, a de agora não é tão diferente, é? Ele tem que deixar o orgulho de lado.

O orgulho de Ismael. E o meu? Onde deveria colocar o meu?

Pela primeira vez, vi Jauregi atrapalhado, empobrecido, sem recursos. Sem nada para contribuir. Sem nenhuma tirada para fazer. E pensei nele, no que sinto por esse homem, no que senti ao longo da vida. Que tipo de atração me uniu a esse homem desde que o conhecera na universidade? Ao vê-lo tão perdido, desnorteado diante da decisão de Ismael, com tanta ansiedade para publicar a obra de qualquer jeito, pensei que talvez já não fosse tão importante para mim conseguir sua aprovação, como eu tinha buscado a vida toda. O que realmente buscava nele: amor? Sexo? Carinho? Não. O que sempre busquei foi aprovação. A aceitação dele. Desde o momento em que deixei aquele conto sobre a mesa da cafeteria da universidade, para que ele o avaliasse, e saí correndo, desde aquele momento, eu só buscava o *Sim* dele em maiúsculas, o *Continue*, o convite para o mundo dos eleitos. E, de repente, de uma só vez, depois de saber da decisão de Ismael, o que presumia ser a sua libertação de Jauregi e da opinião dos demais, também senti uma libertação e me dei conta, enfim, do que sentia por Jauregi: não que eu gostasse de Jauregi, eu sempre quis *ser* Jauregi; ter esse poder de decidir, acreditar que tenho valor não apenas porque os outros me concedem, mas porque eu mesma me concedo. Olhar para essa expressão confusa de Jauregi foi algo revelador. O poder dele, no fim das contas, não era tão grande assim. Para ter poder de verdade, ele também precisava que os demais concedessem a ele.

Por um momento, não senti necessidade de que ele me reconhecesse nem sequer de que publicasse meu romance. Na verdade, eu mesma poderia fazer isso. Na verdade, eu poderia ser Jauregi. Poderia montar aquela editora que sempre rondou meus sonhos e publicar o que eu quisesse. Não precisava pedir permissão a ninguém.

Talvez tenha chegado a hora de fazer essa proposta indecente a Libe. A hora de comprar uma passagem de avião para Kristin. De nos fortalecermos. Juntas.

Ismael

Um novo jogo de mãos

Sentado na cozinha, esperando escutar a qualquer momento o som da porta da rua, você olha para a cafeteira elétrica à sua frente. Ela ainda está ali, apesar de, há tempos, existir algo nesse utensílio que o faz se sentir mal. E, pela primeira vez, enquanto a observa, você se pergunta por que não se desfez dela nesse tempo todo. Só encontra uma razão: ela sempre esteve ali. Por isso, viajou da cozinha da casa anterior para a nova, por isso se manteve em sua paisagem diária. Porque sempre esteve ali. Uma razão de peso.

Você está atento ao som da porta a qualquer momento. Jasone chega a essa hora da biblioteca. À sua frente, na mesa, umas páginas escritas em Times New Roman. A obra de Jasone. Você decidiu que vai devolver a ela e que vai fazer isso pessoalmente, que lhe dará as páginas em mãos. Você tentará fazer com que ela compreenda com um gesto o que você decidiu, já que sabe que vai ser difícil encontrar as palavras para explicar tudo o que aconteceu.

Vai ser difícil para você encontrar as palavras, apesar de ser escritor. Ou, quem sabe, justamente por ser escritor. Ter uma pessoa olhando em seus olhos não é a mesma coisa que falar com uma tela de computador. Geralmente, quem é capaz de fazer uma dessas coisas não é capaz de fazer a outra.

Por fim, ela chega. A batida da porta acelera seu coração. Ela entra pelo corredor, acompanhada pelo tilintar das chaves. Você se levantou da cadeira, e ela apareceu na cozinha, em frente, trazendo nas bochechas o frescor da rua.

Vocês se olham nos olhos, sem dizer nada. Dois escritores sem palavras. Um diante do outro. Essa forma de calar quando se sente tudo.

Jasone olhou para as páginas sobre a mesa, como se perguntando o que fazem ali. Então você as pegou e as entregou a ela. É sua maneira de dizer que são dela, que não lhe pertencem.

Jasone estendeu um braço em direção a você, mas não se dirigiu às páginas, e sim à mão que as segura. Então você voltou a deixar o romance sobre a mesa e lhe ofereceu a mão. Sem se dar conta, os dedos de vocês estão entrelaçados.

E então você se lembrou. Do primeiro contato físico de vocês. As mãos dela foram a primeira parte do corpo que você acariciou muitos anos atrás, aquelas mãos suaves. Você a levou de carro até a casa dela e, no momento da despedida, ela levantou a mão e você a tomou, e vocês passaram minutos acariciando as mãos um do outro, ali dentro do carro, um dedo contra outro dedo, a palma contra o dorso, o dorso contra a palma, toda a sensibilidade do corpo na ponta dos dedos, naquele apertar de palmas que as fez despertar. Aquelas mãos poderosas de Jasone. Então você percebeu a vitalidade dela. Nunca, até hoje, tinha se dado conta de todo o poder que escondiam.

Você se sentiu culpado por isso e, por um momento, visualizou os próprios dedos com unhas quadradas, que lhe lembram as do seu pai, e não gostou. Mas você se dá conta de que, quanto mais acaricia as mãos de Jasone, mais elas se suavizam, mais se arredondam. É como se voltassem ao interior daquele carro, como se os dedos de vocês entrelaçados de repente se confundissem, como se tivessem iniciado um novo jogo de mãos em que é possível sentir suas unhas quadradas e redondas ao mesmo tempo, em que é possível se sentir vítima e culpado ao mesmo tempo, sem que isso suponha uma contradição.

Jasone soltou as mãos dela das suas e foi até o quarto sem dizer nada. Você tampouco falou. Apesar de serem ambos escritores, não encontraram as palavras. Ou, quem sabe, tenha sido justamente por isso. Porque vocês só são capazes de encontrar as palavras verdadeiras, as palavras de chumbo que se escondem no interior de si, quando se sentam para escrever.

34
O bando seguirá você

Você volta a ter o romance de Jasone entre as mãos. Ela o deixou na mesa da cozinha, ainda que, antes de ir para o quarto, tenha colocado a mochila ao lado, como se quisesse marcar que aquele é o território dela. Você acaricia as páginas e, por um momento, sente que continua acariciando as mãos dela, e, à medida que as acaricia, percebe que também se abranda a bola que tem no cérebro, que se torna moldável, que toma uma nova forma. E, nesse momento, eles aparecem. Talvez você estivesse atento à janela por saber que apareceriam. Os estorninhos. Apareceram pelo leste, desenhando uma nuvem cinza que muda constantemente de forma. Movimentos rápidos, às vezes bruscos, que todos os pássaros seguem em uníssono. Você continua sem compreender como conseguem manter o grupo unido. Quem indica quais os movimentos que devem fazer? É como se recebessem, desde o nascimento, uma ordem que fica instalada na mente para sempre, e eles a seguem com precisão, como se estivessem programados.

Você os observou com atenção, querendo descobrir aquele que comanda cada uma das mudanças de direção. E se dá conta de que sempre tem um que decide mudar de rumo e que logo é seguido pelos outros. Então você sente o coração acelerar, escuta os próprios batimentos com força.

Deve voltar ao escritório o quanto antes para escrever com esses dedos de unhas cada vez mais arredondadas. Para escrever, enfim.

"Disparos no monte."

Você precisa tirar de dentro essa velha história em que cresceu, tirá-la como se tira um cartucho de escopeta dentre os arbustos. Agachando e machucando as mãos. Somente contando a si mesmo essa história de latidos, pombas, espingardas, botas manchadas de barro, latas de biscoitos, poderá saber de onde aprendeu a olhar o mundo; somente reconhecendo a origem da voz que usa com seu pai, poderá chegar a entrar, um dia, na pele da mulher do seu pesadelo. Somente assim você poderá mudar de rumo. E, com sorte, uma vez que o faça, o bando seguirá você.

Glossário

aita: pai.
ama: mãe.
Eremuko dunen atzetik dabil: Percorre as dunas da região; é o primeiro verso da canção "Ezekielen prophezia", da banda Itoiz.
Euskadi (Euskal Autonomia Erkidegoa): País Basco (Comunidade Autônoma do País Basco).
euskera: basco [o idioma].
Gora ETA: Viva ETA [Euskadi Ta Askatasuna, Pátria Basca e Liberdade, organização armada do Movimento de Libertação Nacional Basco].
Gora ETA militarra: Viva ETA militar.
Hil ezazu aita: Mate seu pai, mate-o aí mesmo; título de uma canção da banda Hertzainak.
hona: aqui.
Inaxio, gure patroi ha a: Inácio, nosso grande patrono.
Martxa eta borroka: Festa e luta.
Presoak kalera: Liberdade para os presos.
Txikiteo: Refere-se à ronda que os homens faziam pelos bares locais para beber vinhos. Na época, predominava um público masculino nessa prática.
Zaindu maite duzun hori: Cuide do que você ama; é o título de uma música do cantor Ruper Ordorika, cuja letra fala sobre proteger seu idioma, sua identidade nacional. No contexto do livro, Jauregi faz da referência uma forma de dizer a Jasone que cuide de seu marido.

Sobre a autora

Karmele Jaio Eiguren (Vitoria-Gasteiz, 1970) é autora de três livros de contos — *Hamabost zauri* [Crônicas de Heridas] (2004), *Zu bezain ahul* [Tão fraco quanto você] (2007) e *Ez naiz ni* [Não sou eu] (2012) —, três romances — *Amaren eskuak* [As mãos de minha mãe] (2006), *Musika airean* [Música no ar] (2010) e *Aitaren etxea* [A casa do pai] (2019) — e um volume de poesia, *Orain hilak ditugu* [Agora que estamos mortos] (2015). *Amaren eskuak* ganhou inúmeros prêmios, tornou-se um dos livros mais lidos da literatura basca e, em 2018, foi adaptado para o cinema e apresentado no Festival Internacional de Cinema de San Sebastián; a tradução para o inglês recebeu o English Pen Award. As histórias de Karmele também foram levadas ao teatro e selecionadas para, entre outras, as antologias *Best European Fiction 2017* (Dalkey Archive Press) e *The Penguin Book of Spanish Short Stories* (Penguin Classics). Em 2020, *A casa do pai* recebeu o Prêmio Euskadi de Literatura, o maior da literatura basca.

© 2021 Editora Instante

La casa del padre
© Karmele Jaio Eiguren, 2020

Publicado no Brasil sob acordo especial com The Ella Sher Literary Agency e Villas-Boas & Moss Agência Literária.

Direção Editorial: **Silvio Testa**

Coordenação Editorial: **Fabiana Medina**
Revisão: **Carla Fortino** e **Fábio Fujita**
Capa: **Fabiana Yoshikawa**
Tratamento de Imagem: **Leonardo Miguel**
Diagramação: **Estúdio Dito e Feito**

Imagens: **Kangah/Getty Images/iStock** (capa), **Sima_ha/Getty Images/iStock** (4ª capa e orelhas) e **Ирина Мещерякова/Getty Images/iStock** (parte interna da capa, 4ª capa e orelhas)

1ª Edição: 2021

Dados Internacionais de Catalogação na Publicação (CIP)
(Angélica Ilacqua CRB-8/7057)

Jaio, Karmele
    A casa do pai / Karmele Jaio ; tradução de Fabiane Secches. — 1ª ed. — São Paulo : Editora Instante, 2021.

    ISBN 978-65-87342-21-4
    Título original: La casa del padre

    1. Ficção basca I. Título II. Secches, Fabiane

	CDD 899.92
21-3684	CDU 82-3(437.6)

Índices para catálogo sistemático:
1. Ficção basca

Texto fixado conforme o Acordo Ortográfico da Língua Portuguesa de 1990, em vigor no Brasil a partir de 2009.

www.editorainstante.com.br
facebook.com/editorainstante
instagram.com/editorainstante

A casa do pai (*Aitaren etxea*) foi publicado originalmente em basco e vertido para o castelhano pela própria autora.
A tradução para o português foi feita a partir dessa versão (*La casa del padre*) lançada em janeiro de 2020.

A casa do pai é uma publicação da Editora Instante.

Este livro foi composto com as fontes Arnhem e Asgard e impresso sobre papel Pólen Soft 80g/m² em Edições Loyola.